GEN X

von Wakanda Wuti

Irland ist wunderschön,Berge,Felsen,Meer alles in einem.Die Menschen hier sind freundlich,gemütlich,feierlustig.Es lebt sich recht angenehm.Der Süden der Insel birgt viele Überraschungen.Geprägt wird die Gegend vom Golfstrom. Subtropische Pflanzen wie Palmen, riesige Fuchsienhecken und Rhododendronhaine sorgen für eine südlich anmutende Atmosphäre. Bezaubernde Berglandschaften, idyllische Dörfer, glasklare Seen, lange Sandstrände und kleine Fischerhäfen machen diese Region so malerisch.Hier lebt Emily.Ihr kleines Glück nennt sie ihr Heim.Sie ist etwa 168 gross,mit blonden kurzen Haaren die frech in ihr rundes Gesicht fransen.Ihre grünen Augen wirken gross und staunend passend zu den vollen Lippen und der Stupsnase.

Hektisch öffnet Emily die Tür zu ihrem kleinen Haus am Atlantik.Sie kommt heut später aus der Anwaltskanzlei in der sie arbeitet,es war viel zu tun.Es wird schon dunkel,der Wind tobt über die felsig zerklüftete Küste und es fängt an zu regnen.Sie hängt ihre Jacke auf und räumt den Einkauf weg,während das Teewasser zu kochen beginnt.Gemütlich plumpst sie in ihren Lesesessel und greift nach ihrem Buch : Miss Marple.Emily liebt diese Krimis und fühlt sich Jane Marple sehr verbunden,eint sie doch das neugierige Interesse an Kriminalfällen.Mit dem nach Zimt und Orangen duftenden Tee neben ihr auf dem kleinen Tisch beginnt sie zu lesen.

"RUMMS!" ein lauter Knall schreckt sie auf,im selben Moment erlischt das Licht.Emily kennt sich gut in ihrem kleinen Heim aus und zündet eine Kerze an.Eine kleine Petroleumlampe steht für solche Fälle auf dem Kamin ,den sie nun anzündet.Dann geht sie auf den Dachboden um zu schauen woher der Knall kam.Dunkel und staubig ist es hier oben.Plötzlich raschelt es hinter ihr und lautstark huscht etwas an ihr vorbei."UAAHHHH ! Was war das denn?" Etwas zitterig vom Schreck will sie wieder nach unten ,da entdeckt sie im Lampenschein Spuren im Staub.Eine Katze ! "Sie hat wohl vor dem Sturm Schutz gesucht "murmelt Emily,doch zu sehen ist das Tierchen nirgendwo."Ein Schälchen Milch wird ihr gut tun" denkt sie und stellt eines auf den Dachboden,dann setzt sie sich in ihren weichen Sessel um weiterzulesen.

KLOPF ! KLOPF! KLOPF! Fordernd hämmert jemand an ihre Tür.Es ist ihr wohl nicht vergönnt ihren Krimi zu geniessen.Sie schaut durchs Fenster und kann nur eine Gestalt in einem dunklen Umhang erkennen.Sie öffnet vorsichtig die Tür." Pat ! Komm rein !" Er ist Emilys Nachbar der etwas weiter rauf hinter dem Hügel wohnt .Der Wind hat stark aufgefrischt und Pat war mit seinem Junghund noch draussen,bevor der Sturm richtig losgeht."Er hat etwas gewittert,dann ist er einfach weggelaufen" Pat ist verzweifelt.Von seinem Regencape tropft es auf den Boden."Wir werden dich erstmal trocknen" Emily reicht ihm ein Handtuch und hängt den Umhang über die Badewanne."Ich muss ihn suchen!" Pat will gleich wieder los.Sie reicht ihm einen Schluck von ihrem Tee : "ich hole uns Regensachen".In ihrem Schrank hat sie noch Kleidung ihres Vaters,der letztes Jahr starb.Sie konnte sich nicht davon trennen,nun sind sie hilfreich.

In Gummistiefeln stapfen beide los.Der Wind tost,die Wellen brechen sich gegen die Felsen. Das Wasser peitscht, die Gischt schäumt. Ihre Rufe verhallen fast lautlos,man kann sich selbst kaum hören."Ich glaube das hat keinen Zweck,er wird uns nicht hören" ruft Emily Pat zu."Lass uns gehen".Erschöpft stiefeln sie ins Haus.Pat ist den Tränen nah : "hoffentlich passiert ihm nichts,er ist doch noch so klein".Emily reicht ihm beruhigend einen heissen Kakao mit einem Schuss Rum."Mach dir nicht soviele Sorgen,Hunde sind schlaue Tiere,er wird sich einen Unterschlupf in den Felsen gesucht haben,gleich morgen ganz früh gehen wir ihn suchen"

"Danke,was würde ich nur ohne dich machen?"seufzt Pat.

Er wohnt noch nicht so lange dort,doch mit Emily hat er sich gleich gut verstanden.Es fällt ihm nicht leicht Kontakte zu knüpfen,er ist eher ruhig,zurückhaltend.Pat erzählt auch nie viel über sich und weicht Fragen dazu aus.Das machte Emily neugierig und so entwickelt sich langsam eine freundschaftliche Beziehung.

"Ich muss los nach Hause" wendet sich Pat zur Tür."Bei dem Wetter?Kommt gar nicht in Frage,du kannst ruhig hierbleiben"beschwichtigt ihn Emily.Er ist jemand der nicht gern streitet oder diskutiert,gibt nicht gern Widerworte,also bleibt er.Sie richtet ihm ein Bett her und dann gehen sie schlafen.

Kaffeeduft und der Geruch gebratener Eier erfüllen die Luft als Pat erwacht.Emily lächelt "Komm frühstücken,danach gehen wir los"

Er betrachtet sie heimlich,während sie alles aufdeckt."Sie ist wunderschön"kreisen seine Gedanken auch während des Essens noch um Emily.Doch sofort unterdrückt er die aufkommenden Gefühle.Er weiss ,er sollte sie nicht haben.

Die Sonne blinzelt zwischen den Wolken hindurch und offenbart das Chaos der letzten Nacht.Überall wurden Dinge angespült.Äste,Seetang,Treibholz "und als Kind sogar auch schon einmal eine Flaschenpost"freut sie sich.Emily liebt es nach einem Sturm diese Dinge zu suchen,sie dekoriert ihr Haus damit."Sie erzählen interessante Geschichten,mit der Flaschenpost schreibe ich heute noch" erzählt sie. Wortkarg und in sich gekehrt wandert er neben ihr her.Ein lautes Winseln durchbricht plötzlich die Geräuschkulisse der Natur."Da !" Pat rennt los.Auf dem Absatz vor dem Felsen der ins Meer hineinragt,zerrt sein Hund an irgendetwas herum.Pat klettert vorsichtig bis zu ihm."Oh Gott,Nein! Aus !" hört ihn Emily rufen."Was ist denn los?"ruft sie zurück.Pat kommt mit seinem tierischen Freund an der Leine zurück geklettert."Eine Leiche! Dort ist jemand ertrunken!"stammelt er bleich.Sie rufen sofort die Garda.

Die Blaulichter und Uniformen machen Pat sichtlich nervös."Ich muss nach Haus,der Hund braucht sein Futter" flüstert er und geht los."Hallo,Sie !" hält ihn ein Detective an :"sie müssen noch aufs Revier kommen und eine Aussage machen,Ihre Daten haben wir ja schon".Emily kommt ihm zu Hilfe :"In Ordnung.Wir kommen heute Nachmittag".Sie hakt sich bei ihm ein und langsam spazieren sie gen Heimat.

Bei ihrem Haus angekommen verabschieden sie sich und Pat verschwindet fast lautlos in Richtung Hügel."Irgendetwas stimmt doch nicht" macht sie sich Gedanken und schon ist Emilys Neugier geweckt.Sie macht sich etwas zu essen und einen Tee.Da sie nicht viel über Pat weiss,setzt sie sich an ihren Laptop und sucht was sie im Netz über ihn finden kann.Doch das bringt sie nicht weiter,denn sie findet : NICHTS ! "Das gibts doch gar nicht" murmelt sie.

Dann macht sie den Abwasch und räumt etwas auf,bevor sie sich auf den Weg macht um sich mit Pat auf dem Revier zu treffen.Dort angekommen herrscht riesiger Trubel,Männer in Anzügen und mit ernsten Gesichtern laufen aufgeregt durch die Gänge,doch Pat ist nirgends zu sehen.Emily beginnt ein wenig herum zu schnüffeln,hört bei Gesprächen zu ,fängt Wortfetzen auf.Aber nichts was ihr jetzt weiterhilft."Oh Entschuldigung" wird sie rüde angerempelt.Zwei der Anzugherren führen Pat in einen Raum,sie will hinterher,aber ihr wird laut und bestimmt der Zugang verweigert.Doch sie ist ja kein Kind von Traurigkeit und da man sich in dem kleinen Ort kennt,fragt sie eben Superintendent O`Malley.Der zuckt nur mit den Schultern"ich weiss auch nichts,die sind hier einfach aufgetaucht,haben uns ihre Ausweise unter die Nase gehalten und gesagt sie seien jetzt zuständig".

"Wisst ihr denn schon wer der Ertrunkene ist?" bohrt sie weiter."Nein,er hatte keine Papiere bei sich und eine Gesichtserkennung ist nicht mehr möglich,er lag wohl schon einige Zeit im Wasser.Wir müssen noch warten bis die Autopsie gemacht wird und dann die Ergebnisse auswerten,ich denke aber die werden nichts bringen.Er ist wohl nicht ertrunken,er hatte eine grosse Platzwunde am Kopf"entgegnet O`Malley.

Emily weiss nicht so recht was sie davon halten soll und setzt sich erstmal auf einen Stuhl im Gang.Niemand nimmt Notiz von ihr und gerade als sie beschliesst zu gehen steht Pat vor ihr."Lass uns gehen,schnell!" Er packt sie am Arm und zieht sie hinaus."Was ist denn bloss los? Was soll das alles hier?" Emily reisst sich los und bleibt stehen :"nun sag schon!"

"Ich kann nicht! Bitte! Komm !" beschwört er sie leise.So machen sie sich auf den Weg zu Pats Haus.Dort angekommen werden sie von freudigem Schwanzwedeln begrüsst und Emily vergisst für ein paar Minuten ihren Ärger.

Pat stellt Scones und Tea auf den Tisch "setz dich,lass uns etwas essen es war ein langer Tag"

"Erzählst du mir jetzt was hier gespielt wird?"Sie lässt nicht locker.

"Nun trink doch erstmal einen Tee" lächelt Pat.Emily nimmt ein paar Schlucke von dem wohlriechenden Kräuteraufguss.Dann schläft sie unvermittelt ein.

Sie wacht morgens in ihrem eigenen Bett von einem furchtbaren Lärm auf,"MIAU" CHHHHH....Wuff,Wau"!

Schnell will sie ins andere Zimmer eilen um nachzuschauen,doch der Schwindel in ihrem Kopf lässt sie zurück aufs Bett sinken. Nach einigen Sekunden steht sie langsam auf und nun geht es schon besser.In ihrem Wohnzimmer sieht es aus als hätte der Blitz eingeschlagen und Pats kleiner Hund jagt eine Katze quer durch den Raum..."STOOOOP!" Normalerweise brüllt Emily nicht,sie ist ein ruhiger und geduldiger Mensch,doch dieses benommene Gefühl und der Anblick des Zimmers erfordern eine gewisse Strenge.Die Katze buckelt auf dem Kaminsims und der kleine Hund kommt freudig gelaufen.Noch völlig verwirrt lässt sie ersteinmal die Katze aus dem Haus ,dann sinkt sie in ihren Sessel.Nur kurz ausruhen,klare Gedanken fassen.Nach ein paar Minuten zieht sie sich an und macht Frühstück.Während sie ihr Müsli löffelt,gehen ihre Gedanken auf Wanderschaft."Was läuft hier ab? Wer ist Pat?" Das Winseln des kleinen vierbeinigen Freundes unterbricht dies ruckartig."Ja mein Kleiner du musst bestimmt raus,oh und Futter hab ich auch keins !" Sie zieht sich ihre Jacke über und öffnet die Tür.Als sie sich umdreht um den Hund zu rufen fällt ihr Blick auf den Sack Hundefutter der in der Ecke steht,auf ihm liegt die Leine.Sie stellt dem Kleinen sofort Futter und Wasser hin,streicht über sein Fell "wir sollten dir einen Namen geben,damit ich dich rufen kann". Als sie an sein Halsband kommt entdeckt sie eine kleines verschlossenes Metallröhrchen daran,gewiss der Adressanhänger.Sie nimmt es ab und legt es auf den Tisch,dann machen sie einen ausgiebigen Spaziergang."OHHHH das hat gutgetan" freut sich Emily als sie wieder daheim ankommen.Nun muss sie erstmal Ordnung schaffen.Gesagt,getan und schnell ist alles wieder an seinem Platz.Sie brüht sich einen Tee und setzt sich in ihren geliebten Sessel.Das Röhrchen vom Tisch lässt ihr keine Ruhe,sie versucht es zu öffnen.Doch das ist gar nicht so einfach,nach langem hin und her und mit ein bisschen Butter geht es dann endlich auf.Darin befindet sich eine kleine Schriftrolle.Natürlich führt ihre Neugier dazu sie zu lesen : "Liebe Emily,bitte kümmere dich um Robby solange ich weg bin,ich werde dir irgendwann alles erklären.Pat"

Ihr Gefühl hatte sie also nicht getrogen und es stimmte wirklich etwas nicht,nur ist es nicht beruhigend sondern wirft noch vielmehr Fragen auf. Was heisst Irgendwann? Und wie lang wird er weg sein ? Langsam kam sie sich vor wie in einem ihrer Krimis.Sie arbeitet noch etwas,der Tag verläuft ruhig, dann setzt sie sich in ihren Lesesessel und greift ihr Buch.

"RUUUMMMMSSS" da war wieder dieses Geräusch vom Dachboden. Ein kalter Schauer läuft Emily über den Rücken,doch sie geht trotzdem nachschauen.Als sie die Dachbodenluke öffnet huscht wieder etwas schnell an ihr vorbei,als sie mit der Lampe in die Ecke leuchtet,sahen sie zwei glühende Augen an,erschrocken schlug sie die Luke zu.Nach einigen Sekunden öffnet sie sie vorsichtig wieder und leuchtet nocheinmal dorthin "Puh ! Du schon wieder,wie bist du nur hier reingekommen?" Es war die Katze vom morgen."Nun da ihr euch beide nicht vertragt,muss einer von euch draussen schlafen" Sie liess die Katze raus und ging zu Bett.

Am nächsten Morgen muss Emily erstmal einiges regeln,sie ruft ihren Chef an und sagt ihm das sie von zuhause arbeiten wird die nächsten Wochen.Dann trifft sie sich mit O`Malley.Endlich sind die Autopsie Ergebnisse da,doch wer der Tote ist ,ist weiter unklar.Klar jedoch ist,er wurde erschossen,es wurden mehrere Kugeln aus seiner Brust und dem Bauch entfernt bevor er ins Wasser geworfen wurde.Das Ganze wird immer verworrener."Wo ist ihr Freund?" fragt O`Malley."Er musste dienstlich verreisen,ich passe auf seinen Hund auf" erzählt Emily."Warum ?Hat er etwas angestellt?" O`Malley verneint.Rein interessehalber meint er.Irgendwie seltsam.Wieder zuhause macht sich Emily abermals daran im Internet irgendeine Spur zu finden.Dazu nutzt sie auch die internen Zugänge ihrer Arbeit.Sie sucht in Gerichtsakten und Zeitungsartikeln sowie in alten Polizeiakten.Und da ist es ! Ein Bild,viel jünger,doch das ist Pat!Der Name darunter jedoch ist ihr unbekannt.John.

Der Tag neigt sich dem Ende und so macht sie sich etwas zum Abendessen.BUM!BUM!BUM! Heftig poltert es an der Tür und Emily zuckt zusammen.AUFMACHEN!!! Jemand brüllt und hämmert an die Tür ,Emily nimmt Robby und flieht über die Hintertür.Doch sie kommt nicht weit.Ein grosser breiter Mann stoppt ihren Versuch zu entkommen und drängt sie zurück ins Haus.

Winselnd fällt Robby zu Boden.Sie spürt eine Hand an ihrem Haar,ihr Kopf wird zurückgerissen und der kalte Stahl einer Klinge berührt ihren Hals."Wo ist er?" flüstert der Mann."Ich weiss es doch nicht" wimmert sie."Wer sind sie und was wollen sie?" Grob schubst der Unbekannte sie zu Boden."Sag mir wo er ist !" Er kommt auf sie zu und greift wiederholt nach ihrem Haar.Emily kauert sich zusammen und wiederholt "Ich weiss es nicht".Sie wird an den Stuhl gefesselt der an ihrem Esstisch steht,danach durchsucht der Fremde alles,erfolglos allerdings."Wenn du irgendjemandem etwas erzählst komme ich wieder "droht er.So schnell wie er kam verschwand er auch wieder.

Nach scheinbar endlos langer Zeit ist es Emily gelungen sich aus den Fesseln zu befreien,sie zittert am ganzen Körper.Robby kommt gelaufen,auch er ist völlig verschreckt.Wo war sie da nur hineingeraten?

KLOPF,KLOPF,KLOPF! Ängstlich zuckt sie zusammen."Emily! Mach auf,ich bin´s O`Malley! Sie öffnet die Tür einen Spalt."Was ist los,bittest du mich nicht herein?" Da ihr der Schreck noch in den Gliedern steckt antwortet sie "es passt jetzt nicht,ich wollte gerade ins Bett". O`Malley hat ein gutes Gespür und erhascht einen Blick durch den Türspalt."Das sieht nicht nach schlafen aus"entgegnet er, "willst du mir nicht erzählen was passiert ist?" Sie lässt ihn herein und bricht weinend zusammen.

Er macht Tee und begutachtet die Unordnung.Sein Blick bleibt an den Stricken am Stuhl hängen."War das Pat?"

Erstaunt und verwirrt schaut sie ihn an "Um Himmels willen,NEIN! Warum sollte er das tun?"

Der Superintendent setzt sich zu Emily : " Wo ist er ? Wer war das hier ?"

Emily erzählt ihm alles,es tut gut das jemand da ist dem sie vertrauen kann,sie fühlt sich sicherer."Aber was wollen sie eigentlich hier so spät noch?"

"Jemand hat einen anonymen Hinweis gegeben,das du in Gefahr bist,da bin ich gleich los" antwortet er "das war ja wohl zur rechten Zeit,wie es aussieht suchen sie etwas und haben es nicht gefunden.Fällt dir noch irgendetwas ein?"

Emily verneint."Es wäre besser du würdest woanders übernachten.Morgen schaue ich mir Pat`s Haus an,möchtest du mitkommen?"

"Du könntest hier bleiben und wir fahren dann zusammen morgen früh" bittet sie ihn.O`Malley stimmt zu und sie bezieht sein Bett für ihn.

Am Frühstückstisch hängt Emily ihren Gedanken nach.Wer hatte den Hinweis gegeben? Was sucht der Fremde vom Vorabend? Wer ist Pat wirklich,ist er ein Mörder? Hatte sie sich so in ihm getäuscht?

"Die Antworten hätte ich auch gern" lächelt O`Malley."Du wärst eine gute Ermittlerin".Er konnte schon immer gut Gedanken erahnen und bei Emily war das ohnehin nicht schwer,kannte er sie doch schon seit sie geboren wurde.O`Malley war der beste Freund ihres Vaters.Dann fahren sie zu Pat´s Haus.Die Tür ist nur angelehnt."Warte hier" flüstert der Superintendent.Leise geht er hinein.Nach einigen Minuten holt er sie dazu."Es ist niemand hier,aber es ist alles durchwühlt".

Es ist sehr spartanisch eingerichtet,als wäre es nur ein vorrübergehender Unterschlupf.Emily schaut sich alles in Ruhe an,als Erinnerungen an den Tag des Leichenfundes in ihr Gedächtnis drängen.Die Männer auf dem Revier,die Wortfetzen,doch kann sie es nicht zusammensetzen.Sie hat das Gefühl als passt irgendetwas nicht."Hast du etwas entdeckt?" O`Malleys Frage beantwortet sie mit einem Kopfschütteln.

Plötzlich stürzt ein Sergeant ins Haus "Superintendent! Superintendent!" Aufgeregt sucht er nach den richtigen Worten."Sie haben eine Frau aus dem Wasser geholt,gleich da drüben.Sie lebt noch!" Sofort eilen O`Malley und Emily zum Fundort.Die Frau ist verletzt,überall Schürfwunden.Sie stammelt : " der Mann,der Mann" dann wird sie bewusstlos."Sie bringen sie ins Krankenhaus,wenn sie vernehmungsfähig ist rufen sie uns an ! " lautet O`Malleys Anweisung.Dann fahren sie zurück aufs Revier.Der Schreibkram muss erledigt werden und Emily macht sich auf den Weg zu Gericht um einige Akten anzufordern.Während sie mit Robby die Dorfstrasse entlangläuft hat sie das Gefühl beobachtet zu werden.Eilig biegt sie zu einem nahegelegenen Hof ab.Dreht sich immer wieder um.Auf einmal,hinter einem Baum sieht sie jemanden stehen."Pat!" ruft sie und läuft auf ihn zu.Dort angekommen ist jedoch niemand zu sehen.Sie schaut sich um,findet Abdrücke,doch es sind mehrere so kann sie nichts sicheres entdecken.Dennoch fühlt sie sich den ganzen Tag verfolgt.Wieder auf dem Revier erzählt sie dem Superintendent davon."Du bleibst vorerst bei mir,es ist zu gefährlich allein"beschliesst er,also holen sie einige Sachen und sie bekommt ein Zimmer bei O`Malley im Haus.

"Nachher gehen wir in den Pub,es wird dich etwas ablenken" ruft er ihr zu.Irische Pubs sind seit Jahrhunderten ein fester Bestandteil der Lebenskultur auf der grünen Insel. Am blank polierten Holztresen trifft man sich nach der Arbeit, um bei einem Pint Guinness Neuigkeiten auszutauschen und tiefsinnige Gespräche zu führen. Die Pubs sind Bühne für irische Nachwuchsbands, die am Wochenende vor kleinem Publikum auftreten und Veranstaltungsort für Familienfeiern. Und hier sitzt man für sämtliche Informationen direkt an der Quelle.

Gemütlich ihr Guiness schlürfend lauschte Emily den vertrauten Geräuschen und Stimmen im Pub.Endlich etwas Normalität.Sie genoss die Atmosphäre ,entspannt kam sie in ihrem neuen Heim an.Müde fiel sie ins Bett.Auch O`Malley ging schlafen,doch unruhig wälzte er sich hin und her,ein übler Traum : * gemütlicher Abend im Pub ,mal nicht an die Arbeit denken,wie schön denkt er als diese Idylle jäh durch einen dröhnenden Schrei unterbrochen wird.Ein zwei Meter Hüne tobte durch das Lokal und brüllte ohrenbetäubend und nicht zu verstehen einen Namen.Er kam direkt auf ihn zu,näher immer näher und immer lauter das ihm das Herz in die Hose rutschte.Das Gebrüll ging über in einen läutenden hohen Ton immer lauter ,immer höher...*Er schreckte hoch,die Türklingel schellte.Fluchend warf er sich seinen Morgenmantel über und schlurfte müde zur Tür.Teile des Traumes hingen ihm nach."Sergeant Mc Grady,was treibt sie so früh hierher?"

"Die Frau Sir,die wir aus dem Wasser gezogen haben,sie ist tot" zappelt er herum."Guten Morgen Emily" ,"Guten Morgen Sergeant,Frühstück die Herren?" Sie bittet ihn herein während O`Malley sich zum ankleiden in sein Zimmer begibt und stellt ihm einen Kaffee hin."Was gibt es so dringendes?" Unsicher schaut sich der frühe

Besucher um ."ich weiss nicht ob ich es ihnen erzählen darf"deutet er nach hinten wo der Superintendent auftaucht."Ja ,sie darf alles wissen" nickt er.Während sie gemeinsam frühstücken,bringt Mc Grady beide auf den neuesten Stand.Die Frau wurde in die Gerichtsmedizin gebracht,die Spurensicherung war bereits vor Ort und der abgestellte Wachmann der vor dem Patientenzimmer des Krankenhauses postiert war ist verschwunden.Da läutet das Telefon : "zum Teufel nochmal,hat man denn gar keine Ruhe"knurrt O`Malley und hebt den Hörer ab.Lautlos und ohne Mimik hört er dem Redner zu,dann legt er auf."Wir müssen los,SOFORT!" Emily greift nach nach ihrem belegten Brot und hastet zum Auto."Was ist passiert?" will sie wissen.Der Superintendent erläutert : "Der Wachmann wurde gefunden,völlig verwirrt saß er inmitten eines Feldes,er kann sich nicht artikulieren,vermutlich unter Drogen gesetzt.Wir fahren zu ihm ins Krankenhaus".

Als sie dort ankommen,werden sie vom Notarzt aufgehalten : "er ist nicht vernehmungsfähig,er braucht Ruhe,er war vollgepumpt bis oben hin mit Halluzinogenen,das er noch lebt ist ein Wunder".Die drei drehen sich um und O`Malley beschliesst in die Gerichtsmedizin zu fahren.

Dort werden sie bereits erwartet.Ungeduldig zieht Sam,die Gerichtsmedizinerin,die drei in einen Raum.Sie flüstert : " Ich weiß nicht was hier vorgeht und wem ich trauen kann." Ungläubig blicken Emily,O`Malley und der Sergeant sie an." Ich habe heute morgen von der Toten und vorhin von dem Wachmann Blutproben genommen,nun sind sie verschwunden!" Mc Grady fliesst Schweiss von der Stirn hinab."Ist ihnen nicht gut?" fragt Sam."Das ist unheimlich und mysteriös,ich bin nur ein Dorfpolizist,mir kriecht die Angst im Nacken hoch" stammelt er.Sam erläutert leise weiter : " ich habe die Proben aber schon untersucht und etwas merkwürdiges darin gefunden.Beide hatten hochexperimentelle Substanzen zugeführt bekommen." Der Superintendent beschliesst neue Proben zu nehmen um die Ergebnisse schwarz auf weiss zu dokumentieren.So gehen sie mit Sam zum Kühlraum wo die Toten liegen."Sie ist weg!" Völlig entsetzt sinkt Sam in einen Stuhl."Wie soll ich das dem Chef erklären?" Emily beruhigt sie : "das übernehme ich,er wollte sowieso mit mir ausgehen".Sie zückt ihren Notizblock und schreibt etwas auf."Was tust du da?" O`Malley nimmt ihr den Block ab.Doch da stehen nur Buchstaben und Silben mit Zahlen.Fragend blickt er sie an."Geheimschrift,kann nie jemand entziffern,das habe ich von meinem Flaschenpost Freund gelernt" erklärt sie."Du wirst wohl nie erwachsen und unverbesserlich romantisch bist du auch"lacht er.Sie nimmt ihr Schreibzeug und gehen zum Wagen.Schweigend kommen sie auf dem Revier an.Emily macht einen Tee für alle drei und fragt den Sergeant ob er weiter mitermitteln möchte.Natürlich möchte er.Also tragen sie gemeinsam alles zusammen was sie bis jetzt an Fakten haben.Das sind eine Menge doch scheint alles nichts miteinander zu tun zu haben.Sie stecken in einer Sackgasse.."Gehen wir nach Hause,es ist spät,morgen fällt uns sicher etwas ein" sagt Emily.Also fahren sie heim.

Ihre Neugier und ihr Sinn für Ermittlungen lassen sie schlecht schlafen.Die aufgefangenen Wortfetzen,Pat´s Verhalten,die Anzugmänner und da kommt ihr eine Idee.Der Anhänger von Robbys Halsband,es müssten Fingerabdrücke darauf sein oder DNA Spuren.Sie muss nochmal zu ihrem Haus und ihn holen.Leise schleicht sie sich zum Auto.Robby winselt und läuft ihr hinterher.Da erscheint O`Malley neben ihm :"wo willst du hin mitten in der Nacht?" grummelt er."Ich muss etwas holen,ich weiss wie wir weiterkommen"entgegnet sie."Und das hat nicht bis morgen Zeit?"gähnt der Superintendent. "NEIN! Es ist wichtig!" Emily ist sehr bestimmt."Dann komm ich mit,warte kurz" er zieht sich seinen Strickpulli über und los geht es.Schon von weitem sieht sie Licht in ihrem Heim"Ich hatte doch alles ausgeschaltet" denkt sie sich.Sie halten etwas weiter entfernt und gehen den Rest zu Fuss.Die Tür ist nur angelehnt.Als O`Malley hineingehen will klirrt es an seinen Füssen"Was ist das denn?Wer legt hier eine Glasflasche hin?" Emily hebt sie auf "eine Flaschenpost! Wie kommt sie hierher?" Drinnen scheint alles unberührt und niemand ist da.Sie öffnet die Flasche und fischt einen Zettel heraus."Meine Geheimschrift ! Wer weiss davon? Was soll das hier?" Beide sind ratlos.Dann sucht Emily nach dem Adressanhänger,er liegt noch in der Schublade.Eilig steckt sie ihn ein."Lass uns zurück,ich muss das entziffern!" zieht sie den Superintendent aus dem Haus.Wortlos fahren sie heimwärts."Nun wird aber geschlafen!" ermahnt sie O`Malley "sonst bist du niemandem eine Hilfe".Am Frühstückstisch, an dem sich auch der Sergeant eingefunden hat,besprechen sie ihr weiteres Vorgehen.Alle drei sind sich einig das sie nur Sam,die Gerichtsmedizinerin mit einweihen sonst niemanden.Die Ereignisse der letzten Tage lassen darauf schliessen,das sie überwacht werden.Doch warum und von wem,da tappen sie weiter im Dunkeln.

So fahren sie zur Gerichtsmedizin.Sam wartet bereits, sie hat einen kleinen Abstellraum mit einem Tisch und Stühlen eingerichtet,indem sie sich ungestört unterhalten können.Bei einer Tasse Kaffee bekommt sie ein Update vom Stand der Ermittlungen und dem weiteren Vorgang.Emily gibt ihr das Röhrchen und bittet sie Fingerabdrücke und DNA zu suchen,gleichzeitig lässt sie Proben von sich nehmen denn sie hat es schliesslich angefasst."Das wird eine Weile dauern,ich kann das erst untersuchen wenn alle Feierabend haben" Sam ist sehr vorsichtig.Emilys Antwort klingt gut: "Das ist kein Problem,kann ich mit meinem Laptop hier arbeiten?O`Malley ,Sergeant sie fahren zum Revier,sonst fällt auf das wir ständig zu dritt unterwegs sind.Wir treffen uns heute abend am Strand".Der Superintendent grinst : "Ja Miss Marple,du klingst wie dein Vater,er war ein guter Ermittler und du wärst es auch".Er umarmt sie und macht sich auf den Weg.Die beiden Frauen widmen sich inzwischen dem Bild von Pat in einer alten Polizeiakte.Gemeinsam durchforsten sie Internet und Datenbanken nach einem Fall mit Namen "John".Sie finden allerdings nur einen kleinen Zeitungsartikel mit dem Namen, in dem es über ein Consortium eines Krankenhauses geht,nichts spektakuläres also.Und doch beschleicht Emily ein beklemmendes Gefühl.Sie geht erstmal an die frische Luft und spaziert gedankenversunken die Strasse entlang."Hallo Emily !" Eine tiefe rauhe

Stimme spricht sie an.Als sie hochblickt steht ihr Vater vor ihr.Ungläubig schüttelt sie den Kopf :"das kann nicht sein,Dad ,du bist tot!" Ganz ruhig steht er da doch seine Stimme hallt in ihren Ohren :"Liebling,sei vorsichtig,das sind gefährliche Leute! " HUP! HUP! ein Auto rauscht an ihr vorbei.Völlig verwirrt rennt sie zurück zu Sam und landet unsanft in ihren Armen."Wie siehst du aus?" Beunruhigt bringt Sam Emily in den Raum und macht ihr einen Kräutertee.Unfähig auch nur ein Wort herauszubringen sitzt sie starr da."Emily,Emily!" wie aus weiter Ferne hört sie die Worte.Sam rüttelt sie sanft"Was ist passiert?"Langsam kommt sie wieder zu sich: "ich habe meinen Vater gesehen!" Entsetzt steht O`Malley in der Tür "Emmy,Kleines,dein Vater ist tot !" Sam hat ihn verzweifelt angerufen als Emily, nicht ansprechbar ,bei ihr eintraf.Gemeinsam bringen sie sie zum Auto als sie plötzlich wieder voll bei Bewusstsein ist."Ich muss nach Hause,sofort !" sie steigt ins Auto und gestikuliert dem Superintendent einzusteigen.Zu Sam gewandt flüstert sie: "Vergiss nicht heute abend am Strand!" Nickend und winkend verabschiedet sie sich und geht wieder hinein.O`Malley steigt in den Wagen :"Wir holen Mc Grady ,dann fahren wir zu dir und während der Fahrt erzählst du mir was du gesehen hast.Du hast uns einen Riesen Schrecken eingejagt".Bei ihrem Haus angekommen,muss der Superintendent erst einmal tief Luft holen.Bleich steigt er aus."Ja so ging es mir auch" reagiert Emily.Der Sergeant kann das alles gar nicht glauben.

Sie entzündet ihre Petroleumlampe "Sergeant Mc Grady,sie müssen mir helfen bitte!" Beide steigen hoch auf den Dachboden.Dort stehen viele Kartons."Was ist das alles?" Emily drückt ihm ein grosses Paket in die Arme : "Das sind die Akten meines Vaters,alle seine Fälle".Der Superintendend nimmt ihm die Kartons reihenweise ab.Das ganze Zimmer steht voll,man kann kaum treten.Sie bahnt sich einen Weg zum Herd um Tee zu machen."Was genau suchen wir ?" will Mc Grady wissen. "Ich habe keine Ahnung" lächelt sie "wenn wir es finden wissen wir es".O`Malley kann es nicht fassen das sie alles aufgehoben hat und es ist ihm auch nicht recht darin herum zu wühlen : " Du wirst nichts finden ,das uns weiterhilft,Kleines"argumentiert er."Das hat doch alles rein gar nichts mit alten Fällen hier aus dem Ort zu tun,die Leichen wurde angespült wer weiss woher sie kommen".Stutzig nimmt sie einen Schluck Tee und auch Mc Grady kommt es merkwürdig vor das der Superintendent so vehement dagegen ist."Mein Vater wollte mich warnen und meine innere Stimme sagt mir das wir hier die Antwort finden.Ich kann es nicht erklären,es ist ein Gefühl".Der Sergeant pflichtet ihr bei."Ihr habt doch keinen Schimmer,das ist die Büchse der Pandora!" platzt es plötzlich aus O`Malley heraus.Erstaunt schauen beide von den Akten auf."Ich hole Sam vom Strand ab" nörgelt er und verschwindet.Beide sehen sich fragend an und lesen weiter in den Dokumenten.Die Zeit vergeht wie im Flug,draussen ist es dunkel."Er ist aber schon sehr lang weg"bemerkt Mc Grady.Emily streckt sich und steht auf"ich werde uns Essen machen,sie sind bestimmt gleich da".Während der Backofen einen leckeren Pie bäckt,räumen die beiden ein wenig auf.Sie haben schon mehrere Kartons durchgesehen und nichts gefunden.Nun stapeln sie sie im Schlafzimmer an der Wand hoch.Robby wuselt mitten durch sie hindurch.Er spielt und wirft etwas in die Luft um es gleich wieder zu fangen und zu schütteln.Emily ruft ihn zu sich."Was hast du da du kleiner Spitzbube?" Es ist ein Schlüssel,zu klein für ein Türschloss."Vielleicht passt er zu einem Kästchen oder Safe?" Mc Grady betrachtet ihn von allen Seiten."Oder zu einem Schrank" er holt sein Schlüsselbund aus der Tasche und vergleicht die Dienstschlüssel."Wir suchen erst hier,morgen seh ich auf dem Revier nach." verspricht er.Da klopft es,Sam und O`Malley sind da."Entschuldige es hat länger gedauert,aber ich wollte alles ganz genau kontrollieren" rechtfertigt sich Sam."Kein Problem" entgegnet Emily"Essen ist gerade fertig".Der Superintendend hat sich wieder beruhigt,der Pie ist lecker und gemeinsam bereden sie alle Ergebnisse.Sam konnte keine Treffer zu den Fingerabdrücken finden,doch zur DNA schon.John Foley,geboren in den USA.Und da! Wieder dieses Gefühl,Beklemmung,Ahnung.Emily versucht es zu verbergen ,doch das gelingt ihr nicht.Fragend schaut sie zu O`Malley.Dieser spürt das er sich nicht mehr herauswinden kann : " Also gut,ich werde dir erzählen was ich weiss" beginnt er " ich habe es all die Jahre mit mir herumgetragen,es ist an der Zeit ,du bist soweit." Alle im Raum verstummen.O`Malley kippt sich einen Whisky ein : "Dein Vater kam nicht durch einen Unfall ums Leben,er wurde umgebracht.Sein Leben hat er damit verbracht Menschen zu helfen und Unrecht wider gut zu machen,indem er ihre Fälle aufklärte und die Übeltäter zur Rechenschaft zog.Er war ein wirklich hervorragender Ermittler mit aussergewöhnlichem Spürsinn.Das wurde ihm zum Verhängnis,denn den einzigen Fall den er sein Leben lang bearbeitete,konnte er nicht mehr aufklären,den Tod deiner Mutter."Irritiert schaut Emily in die Runde"Ich dachte sie wäre bei meiner Geburt gestorben? "Der Superintendent nahm einen grossen Schluck aus seinem Glas :"Nein ,so war es nicht,dein Dad wollte dich beschützen deshalb hat er es allen so erzählt.Du wurdest in den USA geboren,als deine Eltern dort deine Grosseltern besuchten,das deine Mum Amerikanerin war weisst du ja.Die Ärzte sagten du müsstest noch einige Tage zur Beobachtung bleiben,du warst klein und sehr zierlich.Deshalb kam es niemandem ungewöhnlich vor.Deiner Mutter ging es gut ,die ersten Tage zuhause bei den Grosseltern mit dir waren pures Glück für eure Familie.Dein Vater hätte stolzer nicht sein können.Ganz plötzlich fühlte sich deine Mum schlecht,sie ging zum Arzt,der brachte sie in das Krankenhaus indem du geboren wurdest.Die Ärzte dort beruhigten deinen Dad,sie würden sich um alles kümmern.Doch es wurde nicht besser.Sie quälte sich über Tage ,dein Vater wollte sie verlegen lassen nach Irland doch sie starb vorher.Das Merkwürdige daran war,es wurde keine Autopsie gemacht.Als dein Dad sie nocheinmal sehen wollte um sich zu verabschieden,war sie bereits eingeäschert worden.Als Grund nannte man die Infektion und die Ansteckungsgefahr." Emily sass ein Kloss im Hals,das war alles soviel und so unwirklich."Und was hat das alles mit unserem Fall zu tun?" will sie wissen."Das war noch nicht alles" entgegnet O`Malley."Dein Vater wollte eine Urne mit der Asche deiner Mum mitnehmen um sie hier zu beerdigen,auch das wurde abgelehnt.Deshalb gibt es hier kein Grab.Die Ärzte sagten es wäre die normale Prozedur bei ansteckenden Keimen und sie würde dort speziell zur letzten Ruhe gebettet.deine Grosseltern waren damals viel zu geschockt,deshalb stellten sie keine Fragen und pflegten das Grab das das Krankenhaus als das deiner Mutter bezeichnete.bis sie selbst den ewigen Frieden fanden.die Ärzte drängten deinen Vater dich in die Klinik zu geben um dich zu untersuchen und dich zu beobachten,machten ihm Angst ,du würdest dieselbe Krankheit haben.Doch er liess sich nicht beirren und reiste mit dir zurück hierher.er wusste irgendetwas stimmte an der ganzen Sache nicht.Deine Mum war eine körperlich gesunde Frau,sportlich,fit,nichts hat sie so schnell umgehauen und sie war auch nie krank.Und plötzlich soll sie an ein paar Keimen gestorben sein? Er konnte das einfach nicht glauben.Dein Dad vermutete das es mit der besonderen Gabe deiner Mutter zusammenhing." Alle blickten auf.Verwunderte Gesichter in der ganzen Runde."Sie hatte eine Gabe?" durchbricht Mc Grady die Stille."Ja" der Superintend erklärt : "in Amerika war das nicht gern gesehen,solche Menschen hatten es dort sehr schwer,deshalb kam sie hierher,lernte deinen Vater kennen ,sie verliebten sich,heirateten und sie blieb.Ihre Gabe war aussergewöhnlich.Sie konnte erspüren was Menschen für Krankheiten hatten,heilte sie mit Kräutern,stellte verschiedenste Medikamente aus natürlichen Mitteln her wie Öle,Salben,Tinkturen,Pulver,Säfte,sie konnte auch sich selbst heilen und sie konnte mit den Toten sprechen"Emily wird hellhörig : "mit den Verstorbenen?" O`Malley schluckt schwer, "So wie du auch,nicht wahr?" Sie schaut sich unsicher um ,greift nach O`Malleys Glas und nimmt ebenfalls einen grossen Schluck des Whiskeys."Dein Dad hat all die Jahre ermittelt und ist denen zu nahe gekommen.Er fand heraus das es mehrere solcher Vorkommnisse in diesem Krankenhaus gab und kontaktierte die Familien der verstorbenen Mütter.Dabei trat zutage das es auch Väter gab ,die an dieser rätselhaften Krankheit litten und die immernoch lebten,jedoch komatös vor sich hindämmerten.Eine der Schwestern die dort arbeitete und deine Mum betreute,konnte und wollte diese Dinge nicht so hin nehmen und versuchte deinem Vater zu helfen.Sie nahm heimlich etwas von abgenommenen Blutproben der Patienten,schickte sie an ein Labor weit ausserhalb.Die Ergebnisse gingen direkt an deinen Dad.Es waren und sind alles Menschen mit Fähigkeiten,es wurde in ihrer DNA ein verändertes Gen gefunden.Ausserdem enthielten die Proben hochexperimentelle Substanzen,die nicht eindeutig bestimmt werden konnten." Sam unterbricht den Superintendent :"hier schliesst sich der Kreis,ich fand dieselben Merkmale und Substanzen"

Sergeant Mc Grady vollendet die Gedanken der anderen: "und sie meinen die beiden Toten sind auch Patienten aus diesem Krankenhaus? Die sind dann aber sehr weit weg von dort,wie sind sie hierhergekommen? Wir wissen ja noch immer nicht wer sie sind."

Auch Emily ist skeptisch : "und was hat das mit Pat oder John oder wie immer er auch heissen mag zu tun,warum ist er verschwunden?"

"Nur Geduld,das werden wir herausfinden ,zusammen schaffen wir das!" O´Malley hebt das Glas und gemeinsam stossen sie auf den kommenden gemeinsamen Weg an.der Abend neigte sich dem Ende und alle fuhren heim um etwas zu schlafen.

Wie in letzter Zeit sooft konnte Emily keine Ruhe finden und in ihrem Kopf drehte sich alles.Ihr ganzes Leben stand in Frage,alles hatte sich verändert.Sie stand auf und machte sich einen Tee."Mein Liebling" da war sie wieder ,diese tiefe, rauhe aber liebevolle Stimme ihres Vaters "Du gehst in die falsche Richtung,sieh auf dem Wasser nach" ,sie drehte sich um,doch niemand war da.Sie suchte in ihrer Jackentasche nach einem Taschentuch als ihr die Flaschenpost in die Finger kam."Das hab ich ja völlig vergessen!" dachte sie.Mit ihrem dampfenden wohlriechenden Tee setzte sie sich an den Tisch und entschlüsselte die Nachricht.Als sie fertig ist sinkt ihr Kopf auf den Tisch und sie fällt in einen tiefen Schlaf.

Rauschende Meerestiefe,Schiffswracks,Meeresgetier...sie schwebt durch das Wasser,alles fühlt sich so leicht und einfach an.Eine Melodie klingt durch die wogende Tiefe,vertraut und beruhigend.Seetang streift durch ihr Haar und eine sanfte Stimme ruft ihren Namen: "Emily,Emily !" Jäh reisst es sie aus ihrem Traum,ruckartig sitzt sie schnurgerade am Tisch,noch ganz benommen und verschlafen wie durch einen Schleier nimmt sie eine Gestalt wahr,eine Hand streicht durch ihr Haar.Plötzlich ist sie hellwach,im Augenwinkel blitzt eine Spritze auf,sie bekommt Panik und will schreien,doch dazu kommt sie nicht denn eine Hand presst sich auf ihren Mund.Jemand flüstert in ihr Ohr :"nicht schreien,ich bin´s!" Sie nickt und dreht sich langsam um: "Pat ! Ähm John! Das ist O`Malleys Haus wie kommst du hier herein,woher weisst du das ich hier bin?" Pat alias John lächelt sie an: "Das Fenster war offen,ich bin so froh das es dir gut geht!" Ängstlich blickt sie auf die Spritze in seiner Hand: "Was hast du damit vor? Wer bist du wirklich und was willst du hier ?" Pat stellt sich vor: "Wollen wir noch einmal von vorn anfangen? Ich bin John.John Foley. Aber das weisst du ja bereits.Keine Angst die Spritze ist nicht für dich sondern für Sam." Erschrocken horcht Emily auf: " was hat sie dir getan,was willst du ihr antun?" John schaut sie enttäuscht an: "Du denkst ich will jemandem etwas antun? Das traust du mir zu?"

"Ich weiss nicht was ich glauben soll,es hat sich soviel verändert,ich weiss eigentlich nicht einmal wer ich wirklich bin."Schwindel macht sich in ihrem Kopf breit,Tränen rinnen über ihre Wangen.John nimmt sie behutsam auf seine Arme und bringt sie in ihr Bett.Er setzt sich zu ihr und während sie sich an seine Brust schmiegt,schläft sie ein.Die Sonne strahlt durch das Fenster und die Möwen geben ein Konzert als Emily einigermassen erholt aufwacht."Gott,wie spät ist es? Ich habe verschlafen!" springt sie aus dem Bett und zieht sich eilig an.Dann stürmt sie in die Küche."Guten Morgen Kleines" erheitert reicht ihr O`Malley einen Kaffee.Ihr Blick streift über den Tisch,ihre Nachricht und auch der entzifferte Zettel sind verschwunden."Hast du hier etwas vom

Tisch genommen?" fragt sie. "Nein,hier lag doch nichts." entgegnet der Superintendent "wir wollen los,ich muss noch bei Sam vorbei,bist du soweit?" Emily zuckt zusammen:" Oh Gott Sam! Ja wir müssen los" schnell kippt sie den Kaffee hinunter und eilt zum Wagen.Während der Fahrt wird sie ruhiger,ihre Gedanken schweifen um den nächtlichen Vorfall und innerlich hat sie das Gefühl das keine Gefahr droht.Dennoch versichert sie sich lieber selbst.Als der Wagen hält hastet sie ins Gebäude um wieder einmal unsanft in Sams Armen zu landen."Das wird aber nicht zur Gewohnheit oder? " schmunzelt diese . "Nein,nein...ich wollte nur..."Emily verschlägt es die Sprache als sie die Spritze in Sams Hand sieht."Was ist das?" fragt sie neugierig."Ich fand sie zusammen mit einer Nachricht in unserem Raum,ich soll den Inhalt analysieren"beantwortet Sam die Frage.Nun fällt es ihr wie Schuppen von den Augen,so hatte John das gemeint,wie konnte sie nur so falsch von ihm denken.

"Nunja,es wird Zeit mich aufzuraffen und endlich Ich zu sein" Ihre Gedanken ordnen sich und ein Gefühl von innerem Frieden erfüllt sie.In diesem Moment ziehen Bilder vor ihrem geistigen Auge vorbei,die volle Kraft ihrer Gabe entfaltet sich und durchströmt sie.Es ist seltsam,fühlt sich warm an und sehr vertraut.Sie hört die Stimme ihrer Mutter : " Nutze sie weise,ich bin so stolz auf dich mein Schatz".Dieses Mal versetzt es sie nicht in Panik,völlig ruhig lässt Emily es geschehen,sie weiss das es genauso ist wie es sein sollte.Eines jedoch bringt sie zum nachdenken,die entzifferte Nachricht besagte genau dieses Geschehen "cio te ipsum" latein für : erkenne dich selbst",woher konnte ihr Flaschenpostfreund davon wissen? Sie ist fest entschlossen all das heraus zu finden,nur so kann sie Wahrheit und Ruhe finden.

"Hey Emily ! Kommst du?" Sam rüttelt sachte an ihrer Schulter."Du stehst ja hier wie angewachsen,ist alles in Ordnung?" Sie gehen in Richtung Labor: "Ja alles ist okay,lass uns an die Arbeit gehen" freut sich Emily.

Währenddessen ist O`Malley auf dem Revier angekommen und hat Sergeant Mc Grady zu sich gerufen. "Ich habe etwas zu erledigen,es wird eine Weile dauern,bis dahin passen sie auf die Kleine auf !" Mit ernster Mine verlässt er das Büro. "Sir wann sind sie zurück?" Der Sergeant läuft ihm hinterher. "Heute abend spät" ruft dieser ihm zu und verschwindet aus dem Sichtfeld Mc Gradys.Grübelnd steht er im Gang "Ich werde Emily wohl besser abholen" denkt er sich und fährt los zur Gerichtsmedizin.Dort angekommen ist diese jedoch nicht zu sehen.Eilig sucht der Sergeant alles ab,ohne Erfolg.Sam kommt ihm entgegen." Hallo Mc Grady , wollten sie zu mir ?" winkt sie freudig.Der Sergeant fängt an zu stottern : " hm,n n n nein...ich wollte...ich ..."er schaut zu Boden um seine verliebten Blicke zu verbergen.Schon am vergangenen Abend hat er sie heimlich angehimmelt."Sie wollten mich auf einen Drink in den Pub einladen" hilft Sam ihm aus der Patsche.Dankbar sieht er sie an" Ja ,sehr gern.Oh...HM...aber eigentlich suche ich Emily,der Superintendent ist unterwegs, ich soll auf sie achtgeben".Die Gerichtsmedizinerin streicht sich die Haare aus dem Gesicht,was Mc Grady weiter veranlasst sie mit glasigen Augen zu bewundern: "Sie ist vorhin losgegangen,sie wollte wohl ans Wasser." Etwas betrübt geht Mc Grady zum Auto,gern wäre er noch etwas länger geblieben."Bis heute abend,holen sie mich ab?" ruft Sam ihm hinterher."Natürlich ,sieben Uhr!" winkend fährt er davon.

Emily hat in der zwischenzeit ihr Haus erreicht und sucht weiter in den alten Akten.Einiges ist geschwärzt,doch gegen das Licht gehalten lässt es sich lesen.Irgendwie findet sie jedoch nichts passendes.Sie setzt sich in ihren Lieblingssessel und schliesst die Augen.Entspannung und Ruhe.So kommen sie wieder,die Bilder,ihr Dad, ihre Mum und ihre Stimmen,die ihr den Weg weisen"Suche am Wasser".Also nimmt sie ihre Jacke und geht los.Ihre Gedanken schweifen umher,am Wasser suchen aber wo? Und Was? Auch O`Malleys Erzählung wirft Fragen auf,Menschen mit Fähigkeiten,nicht gern gesehen und hatten es nicht leicht,wie war das gemeint? Sie setzt sich auf einen felsigen Vorsprung,atmet tief ein und lässt los : die Möwen schreien,Wellen klatschen ans Ufer,Rauschen des Meeres und der Wind singt sein Lied...sie ist in ihrer Kindheit,wie gern war sie mit ihrem Dad hier.Es war so friedvoll und lebendig.So kommen alle Erinnerungen zurück,auch diese Eine,fast vergessen.Sie hatte mit ihrem Vater eine kleine Schatulle gebastelt und darin einen Zettel auf dem sie aufgeschrieben hatte was sie ihrer Mum sagen wollte,ein gemaltes Bild auf dem sie alle zusammen an den Händen hielten.Sie hatten eine Schwebelaterne aufsteigen lassen,daran gebunden die Schatulle, um ihr die Nachricht zu übermitteln.Und dann fiel es ihr ein ,unbedeutend damals doch heute vielleicht das Wichtigste überhaupt: während sie der Laterne nachschaute und hoffte ihre Mum würde gleich antworten,war ihr Vater einige Meter weiter auf den Vorsprüngen herumgeklettert.Er sagte ihr damals seine Mütze sei weggeflogen.Emily beginnt zu suchen,rutscht ab und bleibt mit dem Fuss hängen.Ihr Knie schmerzt ,es ist aufgeschrammt.Sachte beugt sie sich hinunter um ihren Schuh auszuziehen.Da erblickt sie in dem Spalt etwas hervorblitzen.Vorsichtig räumt sie die Steine vom Spalt und ihr Fuss ist frei ebenso wie das Metallkästchen das im Licht glitzerte.Vorsichtig hob sie es auf,es war mit einem Schloss versehen.Der Schlüssel den Robby gefunden hatte! Sie kletterte zurück ,blickte noch einmal aufs Meer und eilte los direkt in Johns Arme.Ja sie trifft immer die Richtigen."Hoppla,wo willst du so schnell hin?" lächelt er sie an. Emilys Herz klopft wie wild,eine leichte Übelkeit macht sich in ihrer Magengegend breit. "John ! Was tust du hier?" Er zieht sie sanft zu sich heran :"Hast du immernoch Angst vor mir?" Nein hat sie nicht,nur kann sie ihm ja nicht einfach sagen das sie schon länger Gefühle für ihn hat,vor allem nicht nach allem was vorgefallen ist .Sie versucht ihm auszuweichen,doch er lässt nicht locker.Er versucht einen Blick in ihre Augen zu erhaschen,doch sie wendet sich ab."Bitte...sieh mich an" Auch Johns Emotionen sind Achterbahn gefahren,denn es war von anfang an als würden sie sich ewig kennen."Ich bin immernoch derselbe ,der der mit dir Robby suchte,dem du ein tolles Frühstück gezaubert hast und der immerzu nur an dich denken muss" streichelt er sanft ihre Wange.Emily ist wie elektrisiert,sie hat das Gefühl aus der Zeit zu fallen...mit ihm."Keine Geheimnisse mehr ! Du erzählst mir alles ! " fleht sie ihn an. Er drückt sie liebevoll an sich,dann machen sie sich auf den Weg zu ihrem Haus.Robby begrüsst beide freudig.Emily stellt das Kästchen auf den Tisch:"Was ist das?" John ist neugierig."Zuerst du!" blinzelt sie ihn an und geht Kaffee aufsetzen.John steht hinter ihr und legt seine Hände um ihren Körper.Beide geniessen den Augenblick,dann ist der Kaffee fertig und sie setzen sich.Er nimmt einen Schluck aus der Tasse und beginnt zu erzählen: " Meinen wirklichen Namen kennst du,ich bekam eine neue Identität,weil ich einer Sache auf die Spur kam und ein Auftragskiller auf mich angesetzt wurde.Als der Tote angspült wurde wusste ich das sie mich gefunden hatten.Deshalb musste ich verschwinden,vor allem um dich zu schützen". Ungläubig sieht sie ihn an: "und jetzt nicht mehr?" John erklärt weiter: " doch ,aber ich habe ein paar falsche Spuren gelegt,das gibt mir Zeit und ich wollte dich unbedingt sehen". Emily fasst sich an ihr schmerzendes Knie,steht auf und geht zu ihrem Sessel.Sie krempelt das Hosenbein hoch um zu sehen ob es angeschwollen ist. "Ich helfe dir"John geht zu ihr hinüber und legt seine Hand auf die Wunde,die sich sofort bessert."Du...Du..." Emily kann es nicht fassen."Ja ich bin wie du" erwidert er erstaunt "Ich dachte du wüsstest das ".Sie verneint und es überkommt sie eine Empfindung,die sie nicht zu deuten vermag.Etwas Grosses ,etwas zugleich Gutes und doch bedrohlich.Sie erzählt ihm von dem Mann der sie bedrohte und von allem was sie bis jetzt herausgefunden hatte."Das ist nur die Spitze des Eisberges" John versucht ihr das Ausmass verständlich zu machen."Ich habe noch nicht alles herausgefunden,doch es zieht Kreise bis in die obersten Regierungsgremien." Instinktiv spürt sie das das die Wahrheit ist.KLOPF! KLOPF! Zaghaft klopft es an der Tür.Emily öffnet,Sergeant Mc Grady steht davor."Der Superintendent hat mir aufgetragen auf dich aufzupassen,solange er weg ist."Sie bittet ihn herein wo er mit erstaunen Pat alias John erblickt.Emily giesst ihm einen Kaffee ein und erzählt ihm was sie weiss."Ich brauche den Schlüssel" bittet sie den Sergeant.Mc Grady reicht ihn ihr und sie öffnen die Schatulle.Darin finden sie einen Zettel mit einer Nummer und dem Wort : LAZARUS. Im Moment können sie damit nichts anfangen ,Mc Grady möchte Emily in O`Malleys Haus bringen,doch sie verneint das." Ich habe noch etwas vor" murmelt er.John bietet an sie später hinauf zu bringen,was sie dankend annimmt."Dann werde ich los,ich möchte mich noch umziehen" verabschiedet er sich."Viel Spass mit Sam und grüsse sie lieb von uns" lächelt Emily.Mc Grady wird rot und verschwindet eilig aus der Tür.

"Nun kannst du mir den Rest erzählen" lässt sie nicht locker."Nun gut" John vertraut ihr an was er sonst noch herausgefunden hat: " ich bin in demselben Krankenhaus geboren wie du,am selben Tag.Unsere Mütter lagen im selben Zimmer."Also wusstest du von anfang an wer ich bin?" erbost blickt sie ihn an. "Nein,als ich hierherkam,kannte ich niemanden,erst als wir uns öfter sahen und du mir einiges erzähltest über deinen Dad,da habe ich nachgeforscht und es herausgefunden,bist du jetzt böse? Ich wollte es dir erzählen,doch dann ging alles so schnell und je weniger du weisst desto sicherer bist du"versucht er sich zu rechtfertigen.Sie streicht ihm über den Kopf: "Nein natürlich nicht,du hast ja irgendwie recht.Doch jetzt ist niemand von uns mehr sicher und wenn wir je wieder normal leben wollen müssen wir das hier zu Ende bringen"Er ist dankbar das Emily ihn versteht und berichtet weiter: "Sie machen Experimente mit Menschen,angefangen hat das vor Jahren mit einer Impfkampagne,wo alle Bürger aufgerufen wurden sich dringend impfen zu lassen um die Ausweitung einer Seuche zu verhindern,diese Seuche war ungefährlich,sie diente der Ablenkung.Sie hatten vorher Daten gesammelt ,bei Vorsorgeuntersuchungen wurden Blutproben genommen,es wurden damit DNA Tests durchgeführt und Akten angelegt von Menschen wie uns,Menschen mit Fähigkeiten.Bei der Impfaktion bekamen dann diese Auserwählten jedoch statt des Impfserums Substanzen verabreicht,was diese bewirken weiss ich leider nicht.Nur das sie weiterentwickelt und wieder den Opfern unter einem Vorwand gespritzt wurden.Wenn die Mütter zur Geburt in die Klinik kommen,werden prophylaktisch Blutentnahmen gemacht,falls Komplikationen auftreten.Es wird die DNA extrahiert und mit den Genen Versuche gemacht,die meisten Versuchsopfer starben,mehr weiss ich auch nicht.Ich habe eine Probe dieser Substanzen von jemandem bekommen und sie Sam gebracht,vielleicht bringt uns das weiter" beendet John das Gespräch."Dann hatte deine Mutter auch eine Gabe?" fragt sie interessiert .Bei mir hatten beide Elternteile verschiedene Fähigkeiten,meine Mum war Telepathin,mein Vater war ein Aborigine ,er hatte überentwickelte Sinne.Sie sind beide tot.Ich habe angefangen zu recherchieren,weil mir das nicht geheuer vorkam und ich sie nicht einmal beerdigen konnte.Ich wurde einfach abgewimmelt."Traurig holt er ein Bild aus seiner Tasche,es ist alles was ihm von ihnen geblieben ist."Wie bei meinen Eltern" tröstend nehmen sie sich in die Arme als Robby anfängt zu bellen und draussen ein riesen Lärm losgeht.Beide schauen entgeistert durch die göffnete Tür: O´Malley kommt mit einem Traktor vorgefahren,eilt hinein und nimmt John am Kragen : "Du musst sofort weg hier" er reicht ihm einen Schlüssel,eine Adresse sowie einen prall gefüllten Rucksack."Das sind Tauchersachen,geh zu Emilys Platz und tauche hinab,dort findest du einen Weg der dich zu der Adresse bringt,da findet dich niemand.Warte da bis ich dich kontaktiere...Schnell !" Der Superintendent schiebt John hinaus,während der noch Emily einen Kuss auf ihre warmen weichen Lippen drückt. "Los komm!" zieht der Superintendent sie hinaus."Warte !" Emily packt hastig einige Sachen in ihre Tasche,nimmt Robby und steigt auf den Traktor.Los geht es in Richtung O`Malleys Haus.Dort warten schon Sam und Mc Grady.Dynamischen Schrittes durchquert O`Malley den Vorgarten und schliesst seine Tür auf.Etwas rüde schiebt er alle drei hinein."Was ist denn los Chef?" Etwas genervt das sein abendliches Vorhaben so abrupt endete,will Mc Grady eine Erklärung.Der Superintendent murrt unverständliche Floskeln während er in seinem Schrank suchend herumkramt."Da ist sie ja" greift er nach seinem Revolver.Mc Grady entgegnete gelangweilt: „Hören Sie Chef, finden Sie nicht, dass Sie etwas übertreiben?" Verdutzt schaut der Superintendent den Sergeant an : "Was ist ihnen denn zu Kopf gestiegen? Haben sie vergessen was hier abläuft? Sie sind alle hier damit ich sie auf den neuesten Stand bringe!" Mit einem Whiskey in der Hand setzt er sich an den Tisch : "Kommt her und setzt euch" Emily hat für alle Tee gemacht und stellt ein paar Knabbereien dazu.O`Malley berichtet was er heute fand : "Ich weiss wer die Toten sind.Der Mann ist Michael Cromsen,er ist aus einem Krankenhaus in den USA verschwunden.Die Frau war Krankenschwester dort, Mary Thornton." Emily unterbricht ihn ruhig aber bestimmt : " und woher weisst du das? Wo warst du und das du John so gut kennst hast du auch verschwiegen.Das ist alles sehr merkwürdig" Er fährt fort:" Ja das mit John habe ich verschwiegen,er hat mich darum gebeten,wir wollten euch beschützen.John begegnete deinem Vater als beide an einem gemeinsamen Punkt der Ermittlungen aufeinandertrafen.Und zwar als es um eure Mütter ging." Sam und Mc Grady blicken unwissend in die Runde."Achja,das wisst ihr ja alles noch gar nicht" Kurzerhand berichtet Emily alles was sie von John gehört hat.Nun können die beiden die Dinge besser zuordnen.Also berichtet der Superintendent weiter: "Ich habe einen Freund in Amerika,er arbeitet beim FBI.Ich habe ihn nach dem Tod deines Dads kontaktiert.Er hat John geholfen als es brenzlig wurde.Das sind gefährliche Machenschaften,die da ablaufen,es sind Regierungsbeamte darin verstrickt und die CIA.Wir haben uns heute hier getroffen,an einem Ort den nur wir beide kennen,er gab mir die Informationen" Das ist harter Tobak für alle,etwas ratlos starren sie ins Leere.Sam steht auf: " die Spritze mit dem Mittel,ich habe es analysiert,doch es ist nichts womit wir arbeiten könnten,ein Cocktail aus Proteinen,chemisch veränderten polyzyklischen Kohlenwasserstoffen und Gensequenzen.Und eine Komponente die ich noch nie sah und zu der es keinerlei Information gibt,ich habe alles dreifach gecheckt" Emily stellt das glitzernde Kästchen in die Mitte des Tisches und öffnet es.Der Zettel darin,sie zeigt ihn herum,mit der Nummer kann niemand etwas anfangen,doch mit dem Wort schon."LAZARUS" Mc Grady kratzt sich am Kopf"hab ich schonmal gehört".Nachdenklich tippt er seinen Keks in den Tee. "Ja !" springt er auf. "Jetzt weiss ich es wieder : Lazarus von Bethanien, es gibt zu ihm zahlreiche Legenden.Er ist der Patron der Totengräber. Nach ihm wurde der Lazarus-Effekt, die Wiederauffindung von Tierarten, die als ausgestorben galten benannt und das Lazarus-Phänomen ,das ist eine scheinbare Widerauferstehung von den Toten.Es gab doch mal so einen Skandal,weil Wissenschaftler Experimente mit toten Tieren gemacht haben.Die hatten ein Serum entwickelt ,das tote Tiere wieder lebendig gemacht hat. Dann wurde es eingestellt weil sich bei den Versuchstieren Verhaltensauffälligkeiten zeigten und sie gefährlich aggressiv waren". Sam ist angetan von seinem Wissen,strahlend umarmt sie ihn.Doch was können sie mit diesem Wissen anfangen? O`Malley dämpft die Freude: "wir haben ein grosses Problem" mit ernster Mine flüstert er : wir werden überwacht,jemand im Dorf ist ein Informant für DIE" Emily ist etwas verärgert: "DIE,DIE ! Wer sind DIE?" Müde sitzen sie am Tisch : "Es ist besser ihr bleibt heute Nacht alle hier" der Superintendent reicht Bettwäsche aus dem Schrank und zeigt ihnen ihre Zimmer.Doch Schlaf finden alle irgendwie nicht,so treffen sie sich nach 3 Stunden alle wieder in der Küche.Emily macht warme Honigmilch und zündet eine Kerze an.Sam ist in Gedanken versunken."Wozu ist dieser Cocktail aus der Spritze nutzbar?" es lässt Mc Grady keine

Ruhe,vor allem nicht in Zusammenhang mit LAZARUS."Testen die das wirklich an Menschen? Was bringt das? Wollen sie Tote zum Leben erwecken oder wollen sie Klone herstellen?" Die Gerichtsmedizinerin hat hin und her überlegt,doch bevor sie die fremde Substanz nicht kennt kann sie keine sichere Aussage machen.O`Malley gesellt sich schlaftrunken dazu."Nein"gähnt er müde " ich denke sie wollen Übermenschen kreieren.Sie benutzen Menschen mit Fähigkeiten und wenn man eins und eins zusammenzählt würde ich meinen sie versuchen Fähigkeiten zu aktivieren,zu verstärken oder das Gen das diese Menschen haben zu vervielfachen".Sam horcht auf : " das könnte es sein.Aber dann müsste dieser fremde Stoff intelligent sein." Allgemeines Gelächter schallt durch den Raum.Niemand nimmt das so richtig ernst."Nein wirklich" argumentiert Sie." Es wird schon sehr lange an verschiedenen Mitteln geforscht,bioaktive Pflanzenstoffe zum Beispiel,adaptogene Pflanzen.Sie sind intelligent und finden Schwachstellen im Körper,sie gleichen aus was zu wenig oder zuviel da ist,passen sich also an den jeweiligen Zustand des Körpers indem sie sich befinden an und optimieren seine Funktionsweise.Genutzt werden soll das gegen den Alterungsprozess und auch gegen diverse Krankheiten für die es bis jetzt keinerlei Heilung gibt."Sam ist ganz aufgeregt"ich muss ins Labor,sofort!" Emily und Mc Grady versuchen sie zurück zu halten"Es ist mitten in der Nacht! Morgen ist auch noch ein Tag" Doch sie lässt sich nicht beirren und zieht sich an."Keiner geht allein irgendwohin!" O`Malley versperrt die Tür. "Wir gehen alle oder keiner!" Also machen sie sich gemeinsam auf den Weg, es erscheint ohnehin sinnvoller nachts zu agieren.Ein flackernder Schein erhellt die Nacht : "Oh nein es brennt ! Das Labor,es brennt!" Sam rennt panisch los.Die Feuerwehrmänner haben ihre liebe Not sie fest zu halten." Sie können da nicht rein,es steht alles in Flammen" versucht einer der Kameraden sie zu beruhigen.Weinend bricht Sam zusammen,Mc Grady hält sie im Arm und wiegt sie sanft.Emily und O`Malley schauen fassungslos auf das Feuer.Sie stützen die Gerichtsmedizinerin und gehen heim,hier können sie nichts mehr ausrichten.Dort angekomen,geben sie Sam erstmal einen Schnaps ,langsam ist sie wieder entspannter."Jetzt können wir nichts von all dem beweisen"flüstert sie .Emily wirkt entspannt auf sie ein: "Es ist noch nichts verloren,es gibt immer mehr als eine Möglichkeit,doch jetzt lasst uns schlafen,es ist noch ein langer Weg den wir vor uns haben."Gebratener Speck,Eier und Kaffeedüfte locken am morgen alle aus ihren Zimmern.John steht in der Küche und hat das Frühstück fertig."Was tust du hier?" poltert O`Malley ihn an. "Ich habe den Brand gesehen heute Nacht,setzt euch und lasst uns essen" John rückt Emily den Stuhl zurecht und nimmt neben ihr Platz."Wie riechst du denn?" rümpft sie die Nase.John legt die Spritze mit der Restflüssigkeit auf den Tisch."Du warst in dem Feuer?" Emily ist sauer: "du hättest umkommen können " Er lächelt sie an: "ich bin ja hier und es geht mir gut,aber das war wichtig". Sam ist erleichtert und legt das Untersuchungsmaterial in eine Schublade."Nach dem Frühstück gehst du wieder in dein Versteck" grummelt der Superintendent.Stillschweigend essen sie ein wenig und trinken ihren Kaffee."Ich muss los" John drückt Emily einen Kuss auf und verschwindet lautlos durch die Hintertür.Da poltert es lautstark am Eingang.Ein weisshaariger Mann mit verschmitztem Gesicht begehrt Einlass.Es ist der alte Ruben,ein Einzelgänger,die Leute halten ihn für verrückt weil er Stimmen hört.Er wohnt oben hinter dem Leuchtturm,dort malt und bastelt er Figuren und Bilder die er dann an Touristen verkauft."AH der Kleine ist schon weg"stellt er mit krächzender Stimme fest."Komm rein,trink einen Kaffee mit uns" ruft ihm Emily vom Tisch aus zu.Ruben nimmt das Angebot gern an,er hat nie viel Gesellschaft und mag das auch nicht,aber Emily,ja sie hat er gern."Das war ein Feuerchen heut nacht oder?" klingt seine heisere Stimme durch die Stille.O`Malley stellt Sam und Mc Grady vor,doch der alte gebeugte Mann in seinen Latzhosen kennt sie bereits."Komm hier" reicht Emily ihm einen Kräuteraufguss."Trink ihn dann gehts deinem Hals besser" Sie hatte immer ein nettes Wort oder eine Kleinigkeit für ihn dabei.Als Kind schon war sie mit Ruben befreundet und verbrachte so manchen Nachmittag bei ihm,er war für sie besonders,nichts entging ihm,er wusste immer was wann wo geschah und wer wo hinging."Ja der Rauch" hustet Ruben.Mc Grady blickt ihn an"Du warst da?" er wendet sich zu Emily: "vielleicht hat er das Feuer gelegt".O`Malley fällt ihm ins Wort :"Ruben? Nein ! Niemals." Emily legt ihren Arm auf den des alten Mannes"Ruben,Was wolltest du dort?" Bevor er antworten konnte bricht er bewusstlos am Tisch zusammen. Sam übernimmt sofort und untersucht ihn soweit wie möglich."Ich kann nichts genaues sagen,ich muss ihm Blut abnehmen.Vom Rauch kommt das nicht,die Atemwege sind etwas angeschlagen aber nicht zu,Ich brauche meine Tasche". Sie legen Ruben auf das Sofa.Mc Grady bietet an sofort loszufahren um mit Sam die Tasche und Instrumente aus ihrem zuhause zu holen.Als sie die Tür öffnen um zum Wagen zu gehen steht John vor ihnen.Bleich stürzt er an ihnen vorbei ins Haus direkt auf Ruben zu."Nein bitte ...bitte nicht..." Tränen laufen über sein Gesicht und er legt seinen Kopf auf den Brustkorb des alten Mannes.O`Malley legt seine Hand auf Johns Schulter :"Das wird wieder,er ist zäh". Emily versteht gar nichts mehr."Ihr kennt euch?" fragt sie den immernoch weinenden John."Er ist sein Grossvater" entgegnet der Superintendent.Sie ist verwirrt und setzt sich in einen Sessel,sie holt tief Luft und schliesst die Augen.So viel Vergessenes Unbewusstes.Sie geht wieder zurück in ihre Kindheit,sie ist ungefähr drei Jahre alt,unbeschwert und fröhlich spielt sie bei Ruben mit seinen gesammelten Steinen.Ein kleiner Junge reicht ihr eine Muschel,er lacht und holt Sand vom Strand zum Burgen bauen.Sie läuft ihm hinterher und ein glücklicher Nachmittag am Strand folgt dem Geschehen.Von nun an sind sie öfter zusammen und auf einmal ist er weg,kommt nicht wieder.Auch Ruben verändert sich,redet oft mit sich selbst und ist in sich gekehrt.Trotzdem verbringt Emily oft Zeit mit ihm,doch die Erinnerungen an den Spielgefährten verblassen,sie war zu jung damals.

Sie dreht sich um : "du bist der kleine Junge mit dem ich früher sooft am Strand spielte" John ist verwundert und in seinem Kopf beginnt es zu rumoren: " woher...? Dann bist du das Mädchen mit den Steinen?" Wieder ein Puzzleteil ,aber immernoch kein ganzes Bild.

Währenddessen sind Sam und Mc Grady damit beschäftigt die benötigten Sachen in ihrem Haus zusammen zu packen.Plötzlich Fussgetrappel auf der Treppe,jemand presst ihnen einen Lappen ins Gesicht, es wird dunkel.Als sie zu sich kommen,noch benommen und verwirrt,sitzen sie in einem nassen kalten...ja was eigentlich? Es sieht aus wie eine Höhle.Beide sind gefesselt und nur eine Fackel erhellt den Raum."Gut,sie sind wach" eine grollende Stimme der ein grosser breitschultriger Körper folgt lässt sie zusammenzucken."Dann wollen wir mal,wer von euch möchte anfangen?" dröhnt die Stimme. "Was wollen sie von uns" Mc Grady ist noch nicht wirklich wach und nimmt alles wie durch Nebel wahr. "Alles was sie wissen und alle Dokumente" hallt es dumpf."Worüber denn und was für Unterlagen?" versucht der Sergeant abzulenken. "Stell dich nicht dumm! Ich habe Mittel und Wege euch zum reden zu bringen." grollt die Stimme "Mister Cromsen ist das beste Beispiel dafür" Schallendes tiefes Lachen dringt durch die Luft.Dann entfernt sich der unangenehme Zeitgenosse.Mc Grady blickte zu Sam hinüber.Ihre Locken waren durch die feuchte Luft noch lockiger und fielen über ihr Gesicht.Dort verdeckten sie eine Schürfwunde."Geht es dir gut?" fragt er besorgt."Es scheint als sollen wir kein ungestörtes Date haben" versucht er zu scherzen.Ihr strahlendes Lächeln trotz dieser desaströsen Situation lässt sein Herz höher schlagen.Ein lautes Geräusch zerreisst die Stille."Klang wie ein Schuss" stellt Mc Grady ängstlich fest."Pst" Sam weist ihn an leise zu sein.Sie horcht hinein in ein Stimmengewusel das vermischt mit Meeresrauschen und Wellengetöse kaum wahrnehmbar ist."Sie sind weg" friemelt sie immernoch an ihren Fesseln herum und bekommt eine Hand frei.Sie macht sich los und hilft dem Sergeant."Los! wir müssen weg hier !" Sie zerrt ihn in Richtung Höhleninneres."Aber da ist doch kein Ausgang" bemerkt Mc Grady. Sam erwidert : "Spürst du das nicht? Das ist ein Luftzug,also ist dort eine Öffnung". Der Sergeant folgt ihr unentschlossen und tatsächlich kommen sie am Ende eines Hügels heraus.Noch ganz verdattert bahnen sie sich geduckt den Weg zu Sams Haus um endlich Ruben zu helfen.Mc Grady,so sehr er auch verliebt ist,äussert seine Skepsis."Das war recht einfach zu entkommen,woher kannst du das alles und wieso kennst du dich mit solchen Dingen so gut aus?" Sam legt ihre Hand an sein Gesicht: " Nicht jetzt,wir müssen zu O`Malley" Eilig steigen sie ins Auto und fahren los.Den Wagen parken sie hinter einem Vorsprung und gehen den Rest zu Fuss."Mein Gott wo wart ihr nur solange?" Aufgeregt zappelt John vor dem Sofa herum."Später,ich muss mich um Ruben kümmern" weist Sam ihn ab."Ruppig nimmt er ihren Arm: "Nein,beantworte die Frage !" Mc Grady beruhigt ihn: "Sie wird es uns nachher erklären ich habe auch viele Fragen,doch jetzt ist erstmal sein Leben wichtig" Emily nimmt John in den Arm und argwöhnisch beobachten sie jeden Handschlag der Gerichtsmedizinerin.Der alte Mann kommt langsam zu sich."Kleiner,du bist ja doch hier" lächelt er seinen Enkel an."Ruh dich aus,ich geh nicht weg." Ruben schliesst die

Augen und Sam legt ihm einen Tropf.John sieht sich Sams Wunde an und bemerkt die Fesselmale.Er legt seine Hand darüber und nach einigen Sekunden sind die Striemen fast geheilt,dann wendet er sich McGrady zu um selbiges zu tun.O`Malley hat das alles aus der Küche mitangesehen."Das Essen wird kalt!" ermahnt er seine Gäste.Sie setzen sich und füllen die Teller."Sie sehen geschafft aus Sergeant"bemerkt Emily."Und jetzt möchte ich wissen was los war" John ist verärgert."Ihr wart gefesselt,ich kenne die Male die das hinterlässt".Ein paar Löffel Essen und einige Schlucke Tee später beginnt Mc Grady zu reden: " wir wurden betäubt,entführt,in einer Höhle sind wir gefesselt aufgewacht,Sam hat uns befreit.und jetzt würde ich gern wissen wer du wirklich bist" deutet er in ihre Richtung.Gebannt schauen alle auf Sam."Ich bin nicht der Informant,falls ihr das glaubt.ich arbeite für eine private Organisation in den USA,sie haben es sich zur Aufgabe gemacht,Menschenversuche und die damit verbundenen Machenschaften zu vereiteln beziehungsweise zu beenden und die Opfer wie auch deren Familien zu schützen,ich wurde in einer speziellen Einrichtung ausgebildet."O`Malley fragt nach: " dann bist du Samantha Egan?" Alle Blicke richten sich auf den Superintendent."Ja die bin ich".Emily schluckt ihr Essen hinunter : "Lass mich raten,du hast es uns nicht erzählt um uns zu schützen". O`Malley beantwortet die Frage:"Ja auch,und weil ihr Vater mein FBI Informant ist".Mc Grady ist das alles zuviel:"Ich brauche erstmal ein Bier".Der Superintendent deutet hinter sich:"Im Kühlschrank,ich nehm auch eins".

Nach dem Essen beginnt Sam Rubens Blut zu untersuchen.Sie hat nur eine kleine Ausrüstung doch das muss reichen.Sie holt die Spritze aus der Schublade und gibt ein paar Tropfen in eine Gelartige Masse."Morgen früh können wir sehen was das für ein unbekannter Stoff ist".Sie verschliesst das Gefäss und stellt es auf den Kaminsims.Bis spät in die Nacht testet sie die Blutprobe auf verschiedenste Werte und erstellt ein DNA Profil.

Der Sergeant hat sich seit dem Abendessen zurückgezogen und kein Wort mehr mit ihr gewechselt.Nun setzt sie sich zu ihm: " ich verstehe das du sauer bist,es tut mir leid" .Mc Grady starrt ins Leere und antwortet monoton: " Das muss es nicht,du tust was du tun musst und ich werde dich dabei nicht stören" Er will aufstehen,doch Sam drückt ihn zurück in den Sitz: " du störst nicht,nur habe ich nicht damit gerechnet mich zu verlieben" .Mit glänzenden Augen sieht Mc Grady sie an und endlich findet er den Mut sie zu küssen.Auch Emily und John haben sich in ihr Zimmer zurückgezogen um etwas Zweisamkeit zu geniessen.

"Samantha!" hören sie O`Malley rufen und stürzen ins Zimmer."Ruben ist wach". John setzt sich zu ihm und hilft ihm auf : "trink etwas" .Er reicht ihm einen Tee.Sam ist erleichtert das es ihm besser geht.Sie hat einen Saft aus verschiedenen Algen und Kräutern hergestellt."Das nimmst du alle 2 Stunden" ermahnt sie ihn."Ja Frau Doktor" lächelt der alte Mann mühselig.Da sie nun alle versammelt sind,besprechen sie die bisherigen Ergebnisse des Blutes." Nun" beginnt Samantha: "er hat ebenfalls das Gen,hier könnt ihr es sehen" zeigt sie auf die Aufnahme."Aber auch dieses Zeug aus der Spritze.Wie er das verabreicht bekam kann ich nicht sagen,ich fand keine Einstichstellen." Ruben krächzt leise von hinten: "mit meiner Salbe,ich hab sie von einem Reisenden,der sagte er wäre so ein Naturarzt,mich plagte wieder mein Rheuma.Das ist aber schon Monate her." "Das könnte sein" bejaht Sam."Die Wirkstoffe werden über die Haut anders aufgenommen und wenn man nur kleine Flächen benetzt,ist es auch nicht soviel,das hat ihm wohl das Leben gerettet."John schaut fragend zu seinem Grossvater: "Kannst du den Reisenden beschreiben?" Dieser versucht sich zu erinnern ,es gelingt ihm recht gut: "ein langer Kerl,Brille,wie so ein Handelsvertreter eben,die reisen hier doch öfter durch und verkaufen auf den Märkten,aber er hatte so ein Tattoo auf dem Handgelenk" John blickt O`Malley an und wie aus einem Munde tönt es:"das Consortium".Emily erinnert sich an den Zeitungsartikel in dem sie John fand."Dieser Zeitungsartikel,damals ,ich fand ihn in einer alten Polizeiakte." Der Superintendent erklärt: " das Consortium ist eine Vereinigung von Ärzten,Forschern,abtrünnigen Agenten und Legionären.Finanziert werden sie von CIA und Regierungsmitgliedern.Sie veranlassen und organisieren diese Versuche und lassen wenn nötig Menschen verschwinden,die ihnen gefährlich werden könnten,sie kennen keine Gnade".Mc Grady meldet sich nun auch zu Wort: " und nun sind diese Leute hier.Warum leben wir alle noch?" Auch John ist etwas verwundert: "das ist eine gute Frage.Ich denke einige von uns haben etwas das sie wollen,tot nutzen wir ihnen nichts.Ausserdem gibt es schon zwei Leichen und einen Wachmann der nicht einmal mehr weiss wie er heisst,das ist in so einem kleinen Ort sehr auffällig,mehr können sie nicht tun ohne entdeckt zu werden" .Sam fügt hinzu:"es ist und bleibt gefährlich,sie werden versuchen uns zu beseitigen oder mit zu nehmen.Nur wenn wir alle zusammen bleiben gibt es eine Chance."O`Malley schenkt sich ein Glas Whisky ein und gibt Anweisungen: " Setzt euch an den Tisch.Ruben nimm die Medizin und ruhe dich aus!" Es wird mittlerweile zur Gewohnheit nachts zu arbeiten und so versuchen sie auch in dieser sämtliche Fakten auf zu listen und einen Plan zu finden." Doch gegen zwei Uhr morgens übermannt sie die Müdigkeit und sie gehen schlafen.

O`Malley ist morgens sehr früh auf.Er war mit Robby spazieren und hat sich Gedanken gemacht.Als alle beim Frühstück zusammen sitzen und auch Ruben schon wieder auf seinen eigenen Beinen steht verkündet er seine Ratlosigkeit: "Ich habe soviele Möglichkeiten durchgespielt,doch keine scheint wirklich dem Ganzen ein Ende bereiten zu können. Fällt jemandem von euch etwas dazu ein?" John pflichtet ihm bei: " er hat nicht unrecht,wir kratzen mit unserem Wissen nur an der Oberfläche,uns fehlen harte Fakten : Wieviele Leute sind darin verstrickt,sie kommen aus allen Bevölkerungsschichten,in welchen Ländern agieren sie,wo liegt der Mittelpunkt dieser Organisation.Wir bräuchten Gesprächsmitschnitte und Korrespondenzen um etwas zu beweisen." Auch Sam sieht das kritisch: "wo anfangen?"

Ruben hat etwas gegessen und schlürft seinen Tee : "bei Murphy und O`Brien". Sam und Emily spitzen die Ohren : mein Chef?" fragen sie gleichzeitig."Wie kommst du darauf?" Der alte Mann gibt wieder was er in der Nacht sah."Es ging mir nicht gut,eigentlich wollte ich zum Doc und kam an der Gerichtsmedizin vorbei.es brannte drinnen.Davor standen zwei Männer und sahen sich das an.Beide rauchten eine Zigarre ,unternahmen aber nichts,sie sind die Einzigen die diese Zigarrenmarke qualmen.Murphy ,als Anwalt des kleinen Ortes gab O`Brien dem Chef der Gerichtsmedizin rechtliche Hinweise.Dann haben die sich verabschiedet,genaueres konnte ich nicht hören.Ich wollte hinein um das Feuer zu löschen, es verbreitete sich so schnell das ich wieder hinaus musste,doch ich fand noch dies vor dem brennenden Gebäude,es muss einem von ihnen aus der Tasche gefallen sein." Er reicht ihnen ein Blatt,ausgedruckte Emails.Der Inhalt allerdings unverständlich. John wirft einen Blick darauf: "das ist eine Kryptografie,die CIA nutzt soetwas." In dem Moment erkennt Emily das John nicht nur der kleine Junge aus ihrer Kindheit ist sondern über all die Jahre ihr Flaschenpostfreund."Du bist das also...all die Jahre..." John lächelt sie an: "ich wusste es erst als du mir ,während wir Robby suchten, von der Flaschenpost erzähltest und das du immernoch mit ihm schreibst".Beide sind sich sicher das es für sie so vorherbestimmt war,sich kennenzulernen,sich zu verlieren doch nie den Kontakt zueinander,sich wiederzufinden und zu erkennen wozu es so geschehen ist.

Sie setzen sich an den Tisch und machen sich daran die Zeichen zu entschlüsseln."Das dauert zu lange,kann man nicht einen Computer benutzen?" O`Malley ist ungeduldig." Nein es sind verschiedene kryptische Zeichen und Zahlen,dafür gibt es kein Programm" John kennt sich gut aus.Der Superintendent dreht sich um: "Na gut,Mc Grady und ich werden den beiden Herren mal auf den Zahn fühlen,Sam kümmert sich um Ruben,falls es ihm wieder schlechter geht".

So fahren die beiden zur Kanzlei in der Emily arbeitet und finden direkt O`Brien im Gespräch mit Murphy vor. "Brauchen sie einen Anwalt?" breit grinsend begrüsst O`Malley die Herren. "Mein Freund" entgegnet Murphy,"wir haben uns ja lange nicht mehr gesehen,du machst dich rar in letzter Zeit" Der Chef der Gerichtsmedizin befindet sich im Aufbruch,doch der Superintendent hält ihn zurück " Warst du schon bei der Versicherung?" Dieser ist verunsichert und irgendwie wirkt er fahrig."Nein,da wollte ich gerade hin" .O`Malley entgeht seine zittrige Art nicht: " wir untersuchen den Brand noch,es wird ein Gutachten gefertigt."Murphy versucht an Informationen zu gelangen: "Sag mal habt ihr schon etwas über die Toten?" Mc Grady verfolgt das Geschehen aufmerksam und reagiert sofort: "Nein,niemand weiss wer sie sind und woher sie kommen,nun ist ja alles abgebrannt,das wird wohl nicht geklärt werden können." In O`Briens Gesicht macht sich Entspannung breit und auch Murphy sieht sichtbar erleichtert aus.Sie werfen sich vielsagende Blicke zu.O`Malley nimmt es unauffällig zur Kenntnis: "Du musst noch eine Auflistung machen was sich alles in dem Gebäude befand,Gerätschaften,Substanzen,Medikamente....na alles eben,dann kann das in den

Ascheproben berücksichtigt werden.Die Spezialisten treffen heute nachmittag ein".
O`Brien hat es plötzlich sehr eilig : Herrgott ich hab ja vergessen,ich muss meine Frau
abholen,entschuldigt mich!" und schon war er verschwunden.der Anwalt jedoch fragt
interessiert weiter : "was treibt dich eigentlich hierher,wolltest du etwas bestimmtes?"
der Superintend wendet sich zum Sergeant und schickt ihn weg: Mc Grady,sie fahren
zum Revier und machen den Papierkram fertig,ich komme später nach!" Der Sergeant
hat verstanden und macht sich augenblicklich daran den Chef der Gerichtsmedizin zu
observieren."Setz dich doch" bietet ihm Murphy einen Platz an.O`Malley stochert etwas
im Wespennest : "du weisst nicht zufällig etwas über den Brand heute Nacht?" Der
zündet sich eine Zigarre an: " Nein sollte ich?". Der Superintendent tut uninteressiert :
"Wir müssen alle befragen,es gibt keine Zeugen,doch von hier ist es ein Katzensprung
dort hinüber,vielleicht hast du ja etwas beobachtet?". Zwei Whiskygläser füllend
antwortet der Anwalt verneinend: "Ich war gar nicht hier,hatte einen Auswärtstermin
und war erst spät zurück,da brannte alles schon lichterloh".O`Malley sah ihn einen
Moment lang an,liess sich jedoch nicht anmerken das er um die Lüge wusste.Er nahm
einen Schluck aus dem Glas und nahm in den Augen des Anwalts etwas wahr: es
spiegelte sich etwas wieder,eine Ahnung die ihm einen eisigen Schauer über den Rücken
jagte.Er stand auf und verabschiedete sich. "Lass uns mal wieder ein Pint Guiness
trinken im Pub" rief Murphy ihm nach.Mit erhobener Hand schlurfte O`Malley aus den
Büroräumen.

Gedankenversunken schlendert er in Richtung Revier als neben ihm ein Wagen hält:
"steigen sie ein Chef!" Mc Grady erzählt während der Fahrt,das O`Brien tatsächlich
seine Frau abgeholt hatte und danach heim gefahren sei.Dort habe das Ehepaar Kaffee
getrunken und er sei wieder zurück um den Superintendent abzuholen.Nun sind beide
auf dem Revier,wo ein hektisches Treiben herrscht,die Anzugmänner sind wieder da
und es werden Akten hin und her geräumt,durchgeblättert als würde etwas
gesucht.O`Malley greift in seine Schublade und lässt Papiere in ihrem doppelten Boden
verschwinden."Sie haben ein Geheimfach?" fragt der Sergeant erstaunt. "PSST ! Nicht so
laut !" weist O`Malley ihn zurecht."Das habe ich seit Emilys Vater ermordet wurde,für
Dinge die niemand sehen soll,das muss ja keiner wissen". Während Mc Grady Kaffee
eingiesst kommen die Männer auch in ihr Büro.Die Aktenschränke werden ausgeräumt
und alles durcheinander auf dem Boden verteilt." Räumt ihr das auch wieder auf?" grollt
der Superintendent. Mit verächtlichem Blick und ohne gefunden zu haben was sie
suchen verschwinden die Männer,zurück bleibt Unordnung und Aufregung.Sie heben
alles auf und räumen es in die Schränke zurück :" Es sind alles
Kleindelikte,Fahrraddiebstähle und sowas,wir sortieren es ein andern mal,jetzt müssen
wir los!" Er greift nach allem aus dem Geheimfach,schiebt es unter seinen weiten
Mantel ,dann machen sie sich auf den Weg nach Hause wo sie bereits erwartet werden.
Hungrig und übelgelaunt stapft der Superintendent hinein,hängt den Mantel auf und
wirft die Akten auf den Tisch. "Hier,alles was ich dazu habe". Ruben schläft und die

anderen drei setzen sich zu ihm."Wir haben auch interessantes herausgefunden,wir konnten die kryptischen Zeichen entschlüsseln,es sind Zugangsdaten und Nummern,wir denken von bestimmten Dateien." Ein Sturzbach an Überlegungen ergiesst sich über die Anwesenden und die Müdigkeit,der Hunger,die schlechte Laune ,alles was sie gerade noch ein wenig lähmte ist wie weggeblasen.Emily schiebt einen Auflauf in den Ofen.Auch der wunderbare Duft dessen hebt die Stimmung.Sie spassen ein wenig herum dann wird gegessen und auch der alte Mann sitzt mit am Tisch,er sieht schon viel besser aus. "Wisst ihr wozu diese Zugangsdaten gehören?" fragt O`Malley kauend.Emily schluckt ihren Bissen hinunter: "Es ist wohl eine CIA Datenbank".John klärt auf : "Wir müssen das prüfen." Mc Grady weist auf den Laptop: "dann machen wir das doch nachher gleich". Sam sieht ihn liebevoll an: "nicht von hier aus,dann würden sie uns sofort aufspüren.Wir müssen herausbekommen wer hier die Quelle ist und dann von seinem Computer den Zugang aufrufen,dann merkt es keiner". John nickt zustimmend während er sich das Essen schmecken lässt: " Da hat sie recht,eine schlaue Überlegung". Emily stellt glücklich fest: "Wir sind ein wirklich gutes Team und ergänzen uns prima.Es kommen ja nur zwei Leute in Frage,würde ich denken O`Brien und Murphy.O´Brien wollte ja sowieso mal mit mir ausgehen,da kann ich ihn ja etwas ausfragen" John missfällt die Idee : " ist der nicht verheiratet? " Doch seine Flaschenpostfreundin beruhigt ihn: " Ja sicher ist er das,seine Frau ist schon lange sehr krank,sie kann mit ihm nirgendwo mehr hingehen." So ist es beschlossene Sache.Emily ruft Sams Chef an und beide verabreden sich im Pub.Etwas nervös und argwöhnisch fragt O`Brien nach ihrem Sinneswandel." ich war lang nicht aus,mir war heute danach." Er bestellt ein Glas Wein für sie und nippt an seinem Bier. "Das mit dem Brand tut mir leid" beginnt sie ein Gespräch."Ja ist nicht so toll,vorerst arbeite ich in der Stadt,jeden Tag fahren" erzählt Sams Vorgesetzter." Schaffen sie das mit ihrer Frau? Wenn sie Hilfe brauchen,sagen sie es nur,ich tu das gern" bietet Emily ihm an."Das wäre mir eine grosse Erleichterung" lächelt O`Brien. "Gut dann sehen wir uns morgen nach dem Frühstück bei ihnen zuhause" zwinkert sie ihm zu.Sams Chef flirtet ein wenig,sie leeren die Gläser und begeben sich auf den Heimweg.Als sie zur Tür hereinkommt,sind alle schon gespannt: "ich helfe seiner Frau,er arbeitet in der Stadt,so kann ich mich ungestört bei ihm umsehen"erzählt sie von der Abmachung."Pass aber gut auf" ermahnt John sie. Sam wirft eine Frage auf :"Aber wer geht nun in die Kanzlei? Wir brauchen einen Vorwand um Murphy möglichst lange weg zu locken".O`Malley kommt zur Überraschung aller mit einem Handy aus seinem Zimmer." Das ist ein Prepaidhandy,hab ich mal für Notfälle gekauft und nie benutzt,jetzt hilft es wohl".Sam sieht John an: "wir beide machen das,wir kennen uns mit Computern aus" Sie nimmt das Handy und ruft den Anwalt an.Sie bestellt ihn mit verstellter Stimme für den kommenden Tag in die Nähe von Dublin."Das sollte weit genug weg sein und uns genug Zeit geben".Nachdem alle Vorbereitungen getroffen sind versuchen sie ein wenig abzuschalten und halten Smalltalk,erzählen Anekdoten aus ihrem Leben und fröhlich geht der Abend zuende.

Alle sind recht früh auf,beim Frühstück herrscht Anspannung.Ruben gibt eine Weisheit zum besten: " Laß deinen Geist still werden wie einen Teich im Wald. Er soll klar werden, wie Wasser, das von den Bergen fließt. Laß trübes Wasser zur Ruhe kommen, dann wird es klar werden, und laß deine schweifenden Gedanken und Wünsche zur Ruhe kommen, sagte Buddha".Emily legt dankbar ihre Hand auf die Seine."Alles wird gut,wirst sehen" lächelt sie.Ruben räumt das Geschirr ab :" Ich werde heute etwas saubermachen,ansonsten kann ich nichts beisteuern" sinniert er." Gut aber übernimm dich nicht,Mc Grady und ich fahren zur Gerichtsmedizin,mal schauen was die Experten so finden."O`Malley greift nach seinem Mantel und gestikuliert Sam und John in den Wagen zu steigen."Euch setzen wir kurz vorher ab,den Rest geht ihr hintenrum,damit euch niemand sieht".Emily hat den beiden ihren Schlüssel mitgegeben und so müssen sie nur warten bis Murphy losfährt.Währenddessen geht Emily zu O`Briens.Dort wird sie herzlich empfangen und erklärt was heute so anliegt."Ja kein Problem,wir machen das schon" beruhigt sie den Chef der Gerichtsmedizin.Dieser begibt sich auf den Weg in die Stadt und Emily kümmert sich um Mrs. O`Brien.In der Unterhaltung die beide während der Hausarbeit führen,erfährt sie das die Frau an einer unheilbaren Krankheit leidet die ihre Knochen und Muskeln langsam zersetzt,man hatte Bakterien vermutet doch die Tests waren alle negativ,es ist nicht geklärt was das verursacht .Es gibt kein Mittel dagegen,nun sitzt sie im Rollstuhl,unfähig den Alltag allein zu bewältigen.

Emily überkommt schlagartig ein Geistesblitz.Das plötzliche Bewusstwerden warum O`Brien in der Sache drin hing.Er suchte Heilung für seine Frau.

Nachdem der Abwasch und das Staubsaugen erledigt sind,kleidet sie Mrs.O`Brien an: " wir gehen etwas spazieren,das Wetter ist so schön." Beide geniessen die Sonne auf der Haut,den Geruch der Blumen und das laue Lüftchen das ihnen um die Nase weht.Eigentlich etwas normales,das man öfter erlebt,doch die Frauen empfinden es als besonders.Wieder zurück essen sie eine Kleinigkeit dann muss O`Briens Frau sich ausruhen.Emily hilft ihr mit dem Lift in ihr Zimmer:"Wenn etwas ist klingeln sie,ich bin unten und lese etwas".Sie schliesst die Tür und geht die Treppe hinab.Leise sieht sie sich im Haus um und schleicht in das Arbeitszimmer.Ein "Bitte nicht stören" Schild ziert den Zugang."Ist ja niemand da" denkt sich Emily und huscht hinein.Fast geräuschlos öffnet sie Schränke und Schubladen in der Hoffnung etwas zu finden.Mit dem Rücken zum Eingang hört sie nicht das jemand gekommen ist: "Was tun sie da?" erklingt es lautstark hinter ihr.Geistesgegenwärtig greift sie den Staubwedel und dreht sich lächelnd um.Der Hausherr steht mit bösem Blick vor ihr."Ich habe den Staub entfernt im ganzen Haus " flötet sie fröhlich."Wo ist meine Frau?" grollt er."Sie ist oben und hat sich hingelegt,wir waren spazieren" Emily lässt sich ihre Angst nicht anmerken und lächelt tapfer weiter."Hier hängt ein Schild,richten sie sich danach!" murmelt er und eilt nach oben.Nach einigen Minuten kommt er freundlicher gesinnt in die Küche,wo Emily ihn mit einem Tee beglückt."Vielen Dank! Entschuldigen sie meinen Ausbruch vorhin,ich bin etwas gestresst in letzter Zeit" .Sie entgegnet sanft: " gern geschehen...ich hätte ja das Schild beachten können".O`Brien schlägt versöhnliche Töne an : "Es ist wohl für uns beide nicht leicht".Sie halten noch etwas Smalltalk dann verabschiedet Sie sich."Seh ich sie morgen?" fragt der Hausherr zaghaft."Natürlich,nach dem Frühstück bin ich da" entgegnet Emily."Danke" seufzt O`Brien.

Auch Sam und John waren nicht untätig.Murphy hat die Kanzlei verlassen und nach einer sicheren Wartezeit gehen sie hinein.Alles steht ordentlich aufgeräumt in den Regalen,sogar der Schreibtisch ist akurat aufgeräumt.Vorsichtig lesen sie in Akten und John sucht in den Schubladen nach Hinweisen.Der Computer benötigt zwei Minuten zum hochfahren,dann erscheint der Sperrbildschirm mit Passwortangabe. John probiert die verschiedenen Entzifferungen aus,doch nichts passt."Mist ! Und nun?" Sam ist da ruhiger und nimmt sich den Notizblock des Anwaltes vor.Auf einem Zettel weiter unten ist etwas durchgedrückt.Mit den Fingern fährt sie darüber und sagt John die Buchstaben an.Der PC entsperrt sich.Nun können sie fast ungehindert mit den Zugangsdaten an die Datenbank.Doch wo ist es? John klickt sich durch sämtliche gespeicherte Websites und Ordner.Doch nichts ist zu finden.Eine Möglichkeit gibt es noch,die versteckten Dateien,ausgeblendet damit sie unsichtbar bleiben.Er hat Erfolg und findet "LAZARUS". Ein Doppelklick öffnet das Eingabefeld ,die entzifferten Zeichen ermöglichen den Zugang.Es sind Emails,Krankenakten,Einwohnerverzeichnisse,Versuchsanordnungen und vieles mehr.John will alles auf einen Stick kopieren als das Telefon läutet.Erschrocken schauen sich beide an, der Anrufbeantworter springt an und will mit der Weiterleitung auf das Handy beginnen.Sam nimmt sofort den Hörer ab und meldet sich: "Anwaltskanzlei Murphy,Emily am Apparat,wie kann ich ihnen helfen?"Der Anrufer klingt rüde und will umgehend den Chef sprechen."Er ist gerade in einem Mandantengespräch,kann er zurückrufen?" Sam versucht ihn ab zu wimmeln.Der Anrufer legt einfach auf."Wir müssen uns beeilen,wenn der Typ direkt auf Murphys Handy anruft sind wir geliefert".Sie kopieren was auf den Stick passt ,richten alles wieder ganz genau her und machen sich auf den Rückweg.Es treffen fast alle zeitgleich ein und der Duft von gebackenem Kuchen sorgt für freudige Stimmung.Ruben hat das Haus geputzt und alles zum Kaffee trinken vorbereitet.Alle sind total begeistert: "da lassen sich doch unsere Nachforschungen gleich viel besser auswerten" spricht O`Malley allen aus der Seele.Sie geniessen die Mahlzeit und gemütlich wird Kaffee nachgeschenkt.Gemeinsam wird das Geschirr abgewaschen und weggeräumt.Das Team rückt näher zusammen alles geht Hand in Hand.Nun bringen sie ihre Ergebnisse zusammen.O`Malley und Mc Grady erzählen,das von den Brandspezialisten mitgeteilt wurde das es sich um vorsätzliche Brandstiftung handle.Dieser Schaden wird vorerst nicht von der Versicherung übernommen.Das sind keine guten Nachrichten.Emily hat nur ihren Verdacht vorzubringen und dann wird der Laptop geholt um die Daten vom Stick zu laden.Das stellt sich jedoch als schwierig heraus,denn es sind nur Bruchstücke darauf. "Merkwürdig,ich konnte das doch alles auf seinem Computer sehen und lesen?"

John ist verwirrt."Naja davon geht die Welt nicht unter,wir kriegen das schon raus" ist Ruben zuversichtlich.Emily teilt den anderen mit das sie am kommenden Tag wieder zu O`Brien geht um mehr zu finden.Sie sind einverstanden,doch John lässt der Stick keine Ruhe."Ich werde mich daran setzen,das muss eine Verschlüsselung sein oder sowas"."Wir gehen mit Robby raus" rufen die Mädels.Die anderen drei Herren setzen sich ins Wohnzimmer um über die Ereignisse zu philosophieren.Endlich ein Stück Normalität.

So plätscherte die Zeit dahin,alle finden sich wieder zusammen.Emily und Sam machen das Abendessen.Der Duft des gekochten Mahles lockt sie alle an den Tisch.John hat den Stick zum Teil entziffern können."Wir brauchen einen neuen Plan" wirft er kauend in die Runde. " Hier im Ort werden wir nicht vielmehr herausbekommen als wir haben,heisst wir müssen an die Quelle" .Nachdenklich leeren alle ihre Teller.Sie räumen das Geschirr ab und Ruben stellt Gläser und Whisky sowie Wein für alle hin.Satt und entspannt versuchen sie ein Kozept zu erstellen,um herauszufinden mit was genau sie es nun zu tun haben.Ein merkwürdiges Rufen und Gepolter vor der Eingangstür reisst sie aus ihren Überlegungen.Als sie nachschauen fällt ihnen buchstäblich ein Mann entgegen.Ein gurgelndes Geräusch dringt aus seinem Mund,dann Stille.In seinem Rücken steckt ein Messer.Es ist der Wachmann,der damals verschwand und mit Drogen zugepumpt wieder aufgefunden wurde.In der noch offenen Tür erscheint Murphy.Er versucht entsetzt zu wirken,dies misslingt ihm gründlich. "Was ist denn hier los?" probiert er die Situation zu retten. O`Malley kann sich nicht länger beherrschen: "was haben sie getan !! " Der Anwalt kann sich ein Lächeln nicht verkneifen: "Superintendent,behandelt man so einen Zeugen,der euch alle in einer verfänglichen Lage erwischt hat?". John fährt Murphy barsch an: "hier ist nur verfänglich das uns jemand mit einem Messer im Rücken in die Arme läuft und sie keine Minute nach ihm hier erscheinen,meinen sie nicht?" Der Anwalt entgegnet trocken: "ich wollte lediglich meine Anwaltsgehilfin bitten morgen ins Büro zu kommen,um Schriftsätze abzuholen,ich habe Fristen einzuhalten und das muss alles noch getippt werden",spricht es und verschwindet.Sam und O`Malley machen sich an die Spurensicherung mit den einfachsten Mitteln,um Beweise zu sichern bevor diese sich wieder in Luft auflösen,dann rufen sie O`Brien an damit die Leiche abgeholt wird.Der ist nicht überrascht,natürlich hat Murphy ihn sofort angerufen damit er die Sache bereinigt und alles ohne eine Spur verschwindet,das ist ja nicht so schwer wenn man in einer grösseren Stadt arbeitet.Nachdem wieder Ruhe eingekehrt ist und alle Beamten mit der Arbeit im und am Haus fertig sind,brauchen alle einen Tee.Sie sind sich einig,es muss etwas getan werden.An Schlaf ist bei kaum jemandem zu denken,es wird sich unruhig in den Betten gewälzt bis der Morgen dämmert.Nach dem Frühstück verabschiedet sich Emily,sie muss zu O`Brien und danach in die Kanzlei die Schriften abholen.Die beiden Beamten fahren aufs Revier ,Sam will in die Stadt.Zurück bleiben John und Ruben,die beiden organisieren den weiteren Verlauf.

Als O`Malley sein Büro betritt ist unverkennbar das es jemand benutzt hat.ungespülte Tassen,verstreute Büroklammern und der Computer läuft,doch der Bildschirm ist abgeschaltet. "Man könnte ja wenigstens fragen" grummelt dieser verärgert.er nimmt den Hörer des Telefons ,ruft verschiedene Nummern an,keine Antwort. "Wo sind die denn alle?" langsam fängt es in ihm an zu kochen.er schnappt sich Mc Grady, der gerade Kaffee geholt hat und sucht mit ihm die Räume ab.Alles wirkt wie ausgestorben.Im Konferenzsaal herrscht reges Treiben und sie platzen einfach herein.Sämtliche Beamte starren sie an und der Chef ruft sie direkt zu sich: "da sind sie ja,kommen sie gleich mal hier nach vorn." Mit ungutem Gefühl laufen beide durch den Raum. Der Commissioner teilt ihnen vor versammelter Mannschaft mit,das sie vorerst beurlaubt sind: "wegen des gestrigen Vorfalls und bis zum Abschluss der Ermittlungen" lautet seine Anweisung.Wortlos nickend verlassen sie das Geschehen und gehen zurück ins Büro um einige Dinge zu holen.O`Malley schaut sich nocheinmal genau um.Die Uhr an der Wand hängt schief,der Wackelkopf gegenüber auf dem Fensterbrett steht falsch herum.Er schaltet den Bildschirm an,Passwortgeschützt.Er deutet dem Sergeant das sie gehen.Als sie im Auto sitzen,bricht es aus Mc Grady heraus."Was ist das für ein Unsinn,beurlaubt? Was denkt der Comissioner sich dabei? Wir haben dem Mann doch nichts getan!" Der Superintendent versucht ihn zu beschwichtigen: "das ist das normale Vorgehen.Ich muss mich mit Ron Egan verständigen,nur er kann uns ab jetzt Infos zur laufenden Ermittlung geben."

Auch Emily ist fleissig,sie hat das Essen für die O`Briens vorgekocht und der Haushalt ist sauber.Da die Misses schläft,schaut sie sich nocheinmal im Haus um.In der Bibliothek wurde lange kein Staub mehr entfernt und einige Bücher liegen verstreut herum.Emily hebt sie auf ,alle beinhalten Forschungen der Genetik.Sie schreibt sich die Titel und Autoren auf.Dann geht sie zurück in die Küche ,diesmal möchte sie nicht ertappt werden.Dann ist O´Briens Frau wach ,sie hilft ihr beim ankleiden und bringt sie hinunter wo sie gemeinsam Tee trinken.Sachte versucht Emily ein Gespräch über die Krankheit zu beginnen und ihren Schützling etwas aus zu fragen,doch diese weiss rein gar nichts darüber was ihr Mann so tut,wenn er nicht arbeitet.Doch ein wichtiges Detail nimmt sie mit nach Hause: "ein Arzt von sehr weit her mit Namen Templer kam oft nach ihr sehen" erzählte Mrs.O´Brien.Da der Hausherr gerade ankommt,ist Emily heute kurz angebunden und teilt mit das sie morgen leider verhindert sei.Dann eilt sie los.

Fast zeitgleich sind alle wieder bei O`Malley versammelt."Ich brauche einen verdammten Kaffee"nörgelt dieser.Jeder möchte der erste sein der seine neuen Erkenntnisse an den Mann bringt,doch Sam ruft sie zur Ordnung: " Beruhigt euch erstmal,trinken wir Kaffee und dann einer nach dem anderen!"

John und Ruben hören sich alles geduldig an.Sam hat sich in der Stadt mit ihrem Vater getroffen,der hat ihr einige Informationen gegeben über das Krankenhaus und auch einen Kontakt dort.Auch der Name Templer den Emily mitbringt,fällt in Sams

Ausführungen.Nun erhebt John das Wort: "jemand von uns muss dorthin !" Eine unangenehme Stille breitet sich aus."Ich werde gehen" redet er weiter. "Dann gehe ich mit" stellt sich Emily an seine Seite."Mein Vater wird sich um alles kümmern,ihr bekommt eine Wohnung dort und du Emily nimmst einen Job als Krankenschwester in der besagten Klinik dort an, hier sind die Unterlagen" reicht Sam eine Akte herüber.Pässe und alle Dokumente die sie benötigen sind darin. "Woher wusstest du...?" O`Malley ist beeindruckt. "Es ist der einzige Weg ,ich denke wir alle haben diesen Gedanken gehabt" entgegnet sie."Eine Freundin von mir wird auf euch aufpassen,sie ist ebenfalls beim FBI,Amanda Riley ich vertraue ihr blind.Wir anderen werden uns hier um Murphy und O`Brien kümmern". Der Tag war nun schneller vergangen als gedacht,Vorbereitungen für die Abreise werden getroffen.Sam holt noch die Schriftsätze aus der Kanzlei,Emily und John müssen in ihre Häuser um Sachen zu packen, die beiden Polizisten begleiten sie.Ihre Gedanken hängen bei ihrem Vorhaben: "Wie lange werden wir fort sein? Was erwartet uns in einem Land das so völlig anders ist als das beschauliche Inselleben?" Als es dunkel wird,geniessen sie das vorerst letzte gemeinsame Abendessen.Nun sitzen sie am Kamin,die gedrückte Stimmung hängt wie ein Schleier über ihnen."Nun seid doch nicht so wehmütig!" Ruben versucht die Runde aufzuheitern.Als er sich an den Kamin lehnt,stösst er gegen das Gefäss mit der gelartigen Masse von Sam."Das hab ich ja total vergessen!" springt sie auf.Das Ganze hat sich zu einer flüssigen grauen Substanz entwickelt,die sich zu bewegen scheint.Sie ist wie erstarrt: "das kann nicht sein!" O`Malley fasst ihren Arm: "Was ist denn los?" Sam stammelt entsetzt:" Nanoroboter...ich dachte die wären noch in der Entwicklung...das sie schon fertige haben...ich kann das nicht glauben !" Emily versucht ihr Einzelheiten zu entlocken: "hab ich schon mal gehört den Begriff,was ist das genau?" Ruben schlägt vor sich zu setzen während die Gerichtsmedizinerin sich sammelt.Dann erklärt sie : "Nanoroboter sind wenn man so möchte autonome DNA Roboter,hergestellt durch Faltung von DNS Strängen.Die Bausteine zum Bau beziehen die Forscher aus DNA,die sich in alle möglichen Formen und Grössen falten kann,alles tausendmal kleiner als die Breite eines menschlichen Haares.Jeder einzelne Nanoroboter besteht also aus einem flachen,meist rechteckigen DNS Origami Blatt das nur wenige Nanometer gross ist.Die Schwierigkeit besteht darin sie zu programmieren,damit sie tun was sie sollen,man könnte viel Gutes damit tun aber sie, wie immer, eben auch für diverse profitorientierte Vorhaben zweckentfremden.Ich habe hier jedoch nicht die Geräte um herauszufinden wozu sie verabreicht wurden,das ist eure Aufgabe wenn ihr in Tucson seid". Emily ist innerlich aufgewühlt,eine große Reise,eine schwierige Aufgabe und sie wird ihre zweite Heimat kennenlernen,Arizona,dort wo ihre Großeltern und ihre Mum aufgewachsen sind ,der Ort, an dem, ebenso wie hier in Irland, ihre Wurzeln liegen.Es ist alles so unwirklich,nicht fassbar.Sie setzt sich zu John und lehnt sich an seine Schulter: "weisst du schon wer du dort sein wirst?" Er streicht ihr das Haar aus dem Gesicht: " ja ich werde mich als freier Journalist anbieten,ich habe ja Kontakte dort". Lächelnd nimmt sie seine Hand.Emily fühlt sich sicher in seiner Nähe,geborgen und beschützt.So sitzen alle noch beisammen bis die Nacht hereinbricht.Der Morgen ist geprägt von Organisation,Reisefieber und Nachdenklichkeit.Ein paar Happen Toast und eilige Schlucke Kaffee im vorrübergehen.,John und Emily müssen zum Flughafen,O`Malley und Mc Grady begleiten sie dorthin,denn so können sie sich mit Ron Egan treffen um weitere Schritte zu planen.Sam und Ruben bleiben im Haus ,sie wird nochmals Untersuchungen an ihm vornehmen,vielleicht findet sie ja noch mehr aufschlussreiches.

Der Weg zum Dublin Airport wirkt endlos.Ein unangenehmes Schweigen begleitet die vier,bis sie ankommen.Dann löst sich die Spannung.Ein grosser Herr in Anzug bewegt sich auf sie zu,lächelnd reicht er O`Malley die Hand."Darf ich vorstellen: Ron Egan". Dieser begrüsst alle ,freundlich,locker und trotzdem irgendwie sehr höflich."Also du übernimmst Sam´s Rolle? " wendet er sich an Emily." Sams Rolle?" sie ist etwas verwirrt. "Ja,eigentlich sollte meine Tochter doch nach Tucson fliegen und im Krankenhaus ermitteln,sie muss dir sehr vertrauen" erklärt der FBI Agent. Es verunsichert sie ,doch sie ist entschlossen sich nicht von ihren Gefühlen beherrschen zu lassen : " ich würde ihrer Tochter mein Leben anvertrauen" entgegnet sie mit fester Stimme.Ron erklärt nun den Ablauf,Flug nach Tucson,am dortigen Flughafen wartet dann Agentin Amanda Riley und bringt sie in ihr Apartment,dort wird sie ihnen alle Informationen geben die sie benötigen."Und nun Los!" O`Malley ist ungeduldig,Abschied nehmen ist nicht sein Ding und eine gewisse Besorgnis um Emily kann er nicht verhelen.Doch sie ist erwachsen,es ist seine Aufgabe sie ihren Weg gehen zu lassen und sie so gut es geht zu unterstützen.Mc Grady beobachtet all das ebenfalls mit gemischten Gefühlen,als Emily ihn umarmt und ihm aufträgt gut auf den Superintendent und die anderen zu achten,kann er sich ein paar Tränen nicht verkneifen.Auch O`Malley hat schwer zu schlucken als John und Emily sich in Richtung Gate bewegen.Lange winken sie sich zu.

Emily hält Johns Hand sehr fest als sie abheben,ein neues Kapitel in ihrem Leben beginnt.Ungewissheit und viel Neues wird ihr Leben beeinflussen,sie ist gespannt,ängstlich,eine gewisse Freude schwingt mit aber auch Wehmut.Die Stewardess bringt Getränke und nimmt die Essensbestellung auf.Langsam entspannen sich die beiden und geniessen ein wenig den langen Flug.Nach einem Zwischenstopp in Chicago,sind sie nun nur noch wenige Minuten entfernt vom Tucson Airport.Es ist etwa 10 Uhr abends als sie landen,von oben sieht alles aus wie ein lichtdurchflutetes glitzerndes Paradies.

Sie holen ihr Gepäck,als sie rücklings angesprochen werden: " Hallo ihr Beiden,willkommen in Arizona!".John und Emily blicken in ein fröhliches Gesicht,umsäumt von roten lockigen Haaren.Sie ist etwas grösser als ihre Schützlinge,unter ihrer Kleidung ist ein gut gebauter,leicht muskulöser Körper zu erkennen.Sie reichen sich die Hände :"Ich bin Amanda".Ihr Griff ist fest doch nicht einschüchternd,ihre Augen sanft und wachsam.Sympathie entsteht bei allen Beteiligten,das erleichtert natürlich die Zusammenarbeit.Sie zückt ihren Ausweis,so dürfen sie ohne die Sicherheitsscanner zum Wagen gehen."Euer Apartment liegt am Stadtrand,nicht weit vom Klinik Campus.Das Zentrum im Stadtinneren ist gut erreichbar,morgen bekommt ihr einen Wagen.Doch zuerst gehen wir etwas essen,ihr habt bestimmt Hunger nach der langen Reise." Ein kleines Diner,sauber und nicht sehr voll entzückt Emily vollends und auch die Speisekarte ist üppig.Nachdem sie satt sind gehen sie einige Schritte bis zu einem Haus mit einem grossen Holztor."Wenn ihr dort durchgeht,liegt rechts eine kleine Metalltreppe.Sie führt in eure Unterkunft.Ich hole euch morgen früh um 8 Uhr ab.Schlaft gut!" entfernt sich ihre neue Bekanntschaft eilig.John und Emily öffnen zaghaft die Tür zu ihrem neuen Zuhause,knipsen das Licht an und sind begeistert von den im Landhausstil eingerichteten Zimmern.Eine kleine Küche mit Essbereich,eine Wohnecke und ein Schlafzimmer,völlig ausreichend für ein junges Pärchen.Sie lassen sich auf die weiche Couch plumpsen und verschnaufen einige Minuten.Dann räumen sie ihre Sachen in die Schränke und fallen müde in das grosse Doppelbett.

Ein sanftes Streicheln weckt Emily früh am Morgen,John lächelt sie an: "Guten Morgen,Frühstück ist fertig!" Verschlafen reibt sie sich die Augen: "Wie lange bist du denn schon wach?" Er ist auch erst vor einer halben Stunde aufgestanden und war unten beim Bäcker,der gleich ein Haus weiter sein Geschäft hat und fertiges Frühstück anbietet."Nachher müssen wir einkaufen" bemerkt er.Ein gedeckter Tisch mit Pancakes,Ahornsirup,Würstchen,Rührei und kleinen Brötchen begrüsst sie als sie in die Küche kommt.Ihre vom duschen nassen Haare strubbeln noch in alle Richtungen,was ihr Freund sehr süss findet.Da klopft es,Amanda ist da." Komm rein,frühstücke mit uns!" ruft Emily ihr zu.Das nimmt die FBI Agentin gern an und nutzt die Gelegenheit beide in den Tagesplan einzubinden."Ich zeige euch heute alles und ab morgen arbeitet ihr in euren Jobs " erklärt sie ,"doch nun fahren wir in die Zentrale ,ihr müsst noch einiges unterschreiben".Gesagt ,getan.Im nicht kenntlichen FBI Gebäude werden sie nett begrüsst,bis sie im Konferenzraum auf Amandas Boss treffen.Der ist gar nicht angetan von seinen zivilen Gästen,schnell sind Vorurteile herausgekramt und unwirsch beantwortet er Johns Fragen."Macht euch nichts draus,er ist einfach so" beruhigt sie Amanda.Dann gibt sie ihnen die Wagenschlüssel."Wir fahren zum Krankenhaus".Dort angekommen ist alles doch etwas einschüchternd.John nimmt Emilys Hand ,festen Schrittes gehen sie zum Personalchef.Professor Tiberius mustert seine neue Angestellte mit strahlenden Augen.Er freut sich sehr über ein fröhliches Gemüt an seiner Institution."Ihre Papiere sind beeindruckend,sie kommen aus der Forschung,das haben wir hier nicht oft.Kommen sie ,ich zeige ihnen wo und mit wem sie arbeiten werden." Ihre Gedanken schweifen zurück zu Sam "hoffentlich reicht das was ich bei ihr gelernt habe".Doch ihre Sorge scheint unbegründet,denn die beruflichen Fragen des Professors kann sie mit Leichtigkeit beantworten.John führt währenddessen ein Telefonat und hat auch schon seinen ersten Auftrag bei einer Tageszeitung."Das passt ja wunderbar" freut sich die FBI Agentin "dann haben wir alles erledigt,geniesst den Nachmittag,schaut euch die Stadt an,ich melde mich heute Abend nach Dienstschluss."

Fasziniert betrachtet Emily die Bauten um sich herum.Umschlossen von einer bergigen Landschaft und dem Saguaro Nationalpark mit seinen Riesenkakteen hat Tucson auch sonst allerhand zu bieten.Es war lange Zeit Drehort vieler Westernfilme und Fernsehserien,heute dient es als Touristenattraktion mit Shows und Events.Malerisch geht die Sonne über dem Sabino Canyon unter.Abends ruft Amanda wie versprochen noch an und erkundigt sich ob alles in Ordnung ist.Die beiden bejahen und geniessen entspannt einen Film.

Der nun folgende Morgen ist etwas angespannt.Emily ist aufgeregt ,was wird sie an ihrem ersten Arbeitstag erwarten? Wird alles gut laufen? John spürt ihre Unsicherheit und beruhigt sie:" Du wirst das toll machen,ich vertraue dir völlig." Dankbar drückt sie ihm einen Kuss auf die Lippen,nimmt ihre Jacke und macht sich auf den Weg.

Auf dem Campus angekommen,wird sie schon von Professor Tiberius erwartet."Guten Morgen meine Liebe" freut er sich.Sie bekommt ihren Laborkittel und wird den Kollegen vorgestellt.Alle sind freundlich und nehmen sie als "die Neue" in ihrer Mitte auf.Das gibt ihr ein gutes Gefühl und an ihrem voll eingerichteten Arbeitsplatz erstellt sich Emily einen Überblick über ihre Aufgaben hier.Das Team besteht aus Mitarbeitern aus aller Welt und es gibt eine internationale Vernetzung.Hier werden viele der weltweit wirksamen Forschungsergebnisse erarbeitet und publiziert, wie in den meisten Forschungsorganisationen die global agieren. Beim Lesen der Berichte fällt ihr auf das es eine spezielle abgeschirmte Station in der Klinik gibt ,auf der "hochinfektiöse Patienten" untergebracht sind.Sie beschliesst sich das anzusehen.Für den Moment jedoch beschäftigt sie sich mit den bereits hergestellten Kulturen von Viren und Bakterien,welche sie begutachtet und weiterführende Berichte erstellt.So vergeht der Tag wie im Flug,der Weg nach Hause wunderbar anzusehen mit all seinen Abendfarben.John ist auch schon daheim und beide gönnen sich ersteinmal einen Tee."Wie war dein erster Tag dort? " möchte er wissen."Es war sehr schön,die Arbeit ist spannend und ich habe sogar schon etwas entdeckt." Er horcht sofort auf. "In einer der Berichtsakten steht etwas von einer Quarantänestation mit Patienten die sehr ansteckend sind,ich will mir das morgen anschauen" erzählt Emily weiter. "Sei bloss vorsichtig !" ermahnt er sie. Lächelnd steht sie auf und beide kochen zusammen ein kleines Abendmahl.Sie mag es daß er sich so um sie kümmert.Gemeinsam lassen sie den Abend bei einem Glas Wein ausklingen.

Beim morgendlichen Frühstück besprechen sie nocheinmal ihr Vorgehen.Noch ist sie neu dort,das verschafft ihr einen Vorteil,denn wird sie erwischt,kann sie sich damit herausreden sich verlaufen zu haben.Ihr Arbeitsweg stimmt sie nachdenklich,was wird sie finden? Doch sie lässt sich nicht einschüchtern und geht selbstbewusst an ihre Forschungen.Nach einigen Gesprächen mit den Kollegen ergibt sich die Möglichkeit unauffällig ihren Platz zu verlassen und auf die Suche zu gehen.Mit der Akte in der Hand schlendert sie langsam und aufmerksam die Gänge entlang.Doch sie kann nichts Auffälliges entdecken,wo mag nur diese beschriebene Abteilung sein? Plötzlich läuft ihr taumelnd ein junges Mädchen in die Arme.Sie wirkt sehr erschöpft und krank,ihre blassen Lippen lassen nichts Gutes erahnen."Bitte helfen sie mir!" ist das Letzte das sie sagen kann bevor sie bewusstlos wird.Emily fühlt das etwas nicht stimmt,doch wie soll sie die Kleine hier wegbringen? Es bleibt ihr nichts übrig als einen Arzt zu rufen,der die Patientin mitnimmt.Sie folgt beiden bis zu einer Sicherheitsschleuse,an der sie angewiesen wird zurück zu gehen.Das tut sie natürlich,merkt sich jedoch genau den Weg.Zurück an ihrem Arbeitsplatz,sucht sie im internen Kliniknetzwerk nach einem Grundriss und Lageplan des gesamten Gebäudes,doch zu finden ist ausser sehr alten Daten gar nichts.Der Kollege neben ihr,Michael,äugt immer wieder zu ihr herüber.Emily fühlt sich beobachtet,lächelt ihn an und sagt: " komm doch kurz mal her,vielleicht kannst du mir helfen".Das lässt sich dieser nicht zweimal sagen und schaut neugierig was "die Neue" denn so dokumentiert.Emily versucht ihn mit weiblichen Reizen abzulenken und auszufragen:" an was forschst du denn gerade?" Doch Michael ignoriert die Frage. "Ich züchte gerade Zellen und teste wie lernfähig sie sind" redet sie unbeirrt weiter."Ach Zellforschung" entgegnet ihr Kollege uninteressiert."Ja und du?" Michael winkt ab : "einfache Grundlagenforschung,nichts spannendes".Doch das nimmt Emily ihm nicht ab,seine vielen Proben sowie die prüfenden Blicke ständig sprechen eine ganz andere Sprache.Jeder Wissenschaftler hat einen eigenen abschliessbaren Probenschrank an seinem Platz,da Michaels ziemlich voll aussieht,bietet Emily ihm Platz in ihrem an."Du willst es wohl genau wissen?" raunt er ihr barsch zu "nein danke!".Er dreht sich um,zieht seinen Kittel aus und verschwindet.Was soll sie nur davon halten? Also macht sie Feierabend und fährt heim.

John bereitet gerade das Abendessen vor: "Hallo Schatz,wie war dein Tag?" küsst er sie noch in der Tür."Oh,wer soll denn das alles essen?" staunt Emily mit Blick in die Küche."Wir haben Gäste heut abend" freut sich John "Amanda kommt und bringt einen guten Freund mit". "Das passt gut" entgegnet sie.Doch nun geht sie erst einmal duschen,dieses Gefühl von unheimlichen,bizarren Vorgängen will sie nur noch wegspülen.Nachdenklich sitzt Emily mit feuchten Haaren auf dem Sofa,ganz in Gedanken und hört die Türklingel nicht."Liebling,ist alles in Ordnung? Unsere Gäste sind da !" John sieht sie verwirrt an."Ja ja,ich trockne mir die Haare dann komme ich zu euch" antwortet sie monoton.Während die drei am Tisch sitzen und munter reden,ist Emily abwesend bis Amanda sie anstupst:"Hey,was ist mit dir,du lachst gar nicht über meinen Witz! So schlecht war er doch nicht!".John hilft ihr: "Es war ein aufregender Tag denke ich".Emily sieht ihn dankbar an und beteiligt sich nun an den Gesprächen.Amandas Freund ist Professor für Kriminalistik und auch Profiler.Die beiden arbeiten schon lange miteinander,so hat sich eine innige Freundschaft entwickelt.Das ist für diese Art von Arbeit selten aber sehr sehr wichtig."Mir ist etwas merkwürdiges passiert in der Klinik und es lässt mich nicht los" beginnt Emily die ganze Geschichte mit dem Mädchen zu erzählen : "ich frage mich ob es richtig war,sie wegbringen zu lassen." Der Professor beruhigt sie: " Es war richtig.Du hast besonnen gehandelt,hättest nichts anderes tun können.Auch das gehört zu diesem Job dazu,ich weiss es ist schwer,lass dich nicht auffressen davon".Der Profiler stellt gedanklich fest,das Emily jemand ist der "besonders" ist,behält das aber für sich.Er verbringt den Abend damit zu beobachten und sich nichts anmerken zu lassen.So endet das nette Beisammensein spät und im Gehen begriffen,reicht Amanda ihnen einen Einladung zu einem Seminar beim FBI mit der Bitte teilzunehmen.Natürlich sagen sie zu.Sie verabschieden sich mit einer Umarmung.John und Emily setzen sich auf die Couch: "möchtest du mir erzählen was dich bedrückt?" fragt er. "Ich...es ist alles so anders,mir fehlt mein Zuhause und ich vermisse die anderen."sagt sie traurig."Wir rufen sie an,jetzt sofort!" John greift den Hörer und wählt die Nummer."Hallo? Hier bei O`Malley" klingt es an ihrem Ohr."Sam! Hier ist Emily!" Im Hintergrund kläfft Robby,eine wohltuende Normalität überkommt sie,es wirkt entspannend und beruhigend.Sie reden über eine Stunde,dann fallen beide erschöpft ins Bett.

Ein Schluck Kaffee im eiligen Losgehen...Emily ist spät dran.Der Morgen ist trüb und neblig,wie ihre Gedanken.Hastig kommt sie ins Labor und zieht ihren Kittel über.Es ist ungewöhnlich ruhig heute,zwei der Mitarbeiter sind nicht an ihrem Platz,die anderen tuscheln leise herum.Merkwürdig findet sie das,doch ihr Gedankenkarussell dreht sich wieder,sie ist in sich versunken.Ein lautes Geräusch reisst sie aus ihrer Lethargie.Die Tür wurde geöffnet,verbale Unruhe und lautes Lamentieren folgen ihrem Kollegen Michael."Das können sie mit mir nicht machen,ich bin keiner ihrer Lakaien" flucht er.Emily nimmt ihn am Arm: "Was ist passiert? Beruhige dich erstmal !" Schnell reicht sie ihm ein Glas Wasser.Mit grimmiger Miene schaut er sie an,doch er beherrscht sich und flüstert ein leises "Danke" in ihre Richtung.Michael verschwindet so schnell wie er gekommen war.Alle schauen sich verständnislos an und zucken die Achseln,dann wendet sich jeder seiner Arbeit zu.Doch lässt es ihr keine Ruhe.Eine weitere Erkundungsrunde in der Klinik ist die Folge.Die Flure scheinen endlos und leer,kaum ein Geräusch ist zu vernehmen,so muss sie sich vorsehen auch keines zu verursachen."Noch um die nächste Ecke" denkt sie "dort ist die Schleuse". Noch nicht zu Ende gedacht kommen zwei Herren aus jener in Ganzkörperanzügen.Emily schreckt sofort zurück und kauert sich hinter einen kleinen Vorsprung.Ihr Gespräch ist gut zu verstehen : " Wieviel Neue haben wir? Sechs. Hast du das Mittel fertig? Ja ,ich bin gespannt,das wird ein echter Trip für sie,mal schauen wie die sich schlagen.Hoffentlich leben die länger ...war eine verdammte Schweinerei die Spuren der letzten Versuchskaninchen zu beseitigen! Sicher doch,diese Neuen sind besser konditioniert,Tiberius hat sie mit Niedrigdosen desensibilisiert,das klappt schon ! Jetzt los!" Emily rührt sich nicht und die beiden Männer gehen ohne sie zu bemerken vorbei.Sie ist geschockt über das Gehörte.Doch die Zusammenhänge sind noch unklar.Schnell geht sie zurück an ihren Schreibtisch,gerade noch rechtzeitig,denn Michael kommt herein mit einem ihr unbekannten Herren,sie flüstern und Michael reicht diesem unauffällig mehrere Röhrchen.Sie versucht das alles zusammen zu setzen,waren es die beiden die sie hörte? Mittel,Neue,Versuchskaninchen? Sie will keine voreiligen Schlüsse ziehen,doch heute kann sie hier nichts mehr ausrichten,so beendet sie ihre Probenberichte und fährt direkt zum FBI.Sie eilt die Stufen hinauf und landet,wie ja schon häufiger,wiedermal in den Armen von jemandem,diesmal Amanda."Hoppla,nicht so stürmisch junge Frau!" lacht diese."Ich muss dir unbedingt was erzählen" flüstert Emily "irgendwo wo wir allein sind".Die FBI Agentin zieht sie in einen kleinen Raum neben der Aservatenkammer."Du hättest mich doch anrufen können" sagt sie.Emily verneint: " es hätte mich jemand hören können,wenn die merken das ich was weiss...." stockt sie." Ganz ruhig,atme erstmal durch,was ist geschehen?" So erzählt sie Amanda alles :"Okay,das hast du richtig gemacht,komm heut abend zu der Schulung,es ist wichtig!" ermahnt diese sie,dann holt sie einen Kollegen der Emily nach Hause bringt.Auch John kommt gerade am Apartement an."Mein Gott,was ist passiert?" ruft er."Nichts Schatz,alles in Ordnung,ich war nach der Arbeit bei Amanda und der junge Agent war so nett mich zu fahren." Sein aschfahles Gesicht spricht Bände."Ich dachte dir wäre etwas zugestossen".Sie deuten dem jungen Mann das er zurückfahren kann und gehen gemeinsam hinauf in ihr Heim."Ich brauche jetzt einen Drink" seufzt John.Emily nimmt lieber einen Tee mit Milch."Nachher ist dieses Seminar,eigentlich fehlt mir der Antrieb dorthin zu gehen,aber ich werde mich aufraffen" meint sie.Dann erzählt sie von den Ereignissen des Tages."Du bist ein Naturtalent" lächelt er.So geniessen sie noch die Stunde Ruhe für heute.Pünktlich erscheinen sie zur Abendveranstaltung,zu ihrem Erstaunen durchgeführt von Amandas altem Freund dem Profiler."Guten Abend alle miteinander ,schön das sie alle meiner Einladung gefolgt sind" beginnt er.Sein Blick ruht für einen kurzen Moment in Emilys Augen,ein Lächeln überzieht sein Gesicht.Ihr ist das eher unangenehm,als würde er in ihr Innerstes schauen,so entzieht sie sich dem und spielt mit ihrem Stift an ihrem Notizbuch."Ich bin Professor Brandon Crumble." fährt er fort.Der Kurs erstreckt sich über 2 Stunden,interessant gestaltet mit Fotos und Beweismitteln,John und Emily saugen es in sich auf wie ein Schwamm.Zum Ende gibt es einen kleinen Test,Professor Crumble verteilt Arbeitsblätter zum ausfüllen.Es ist für die beiden kein Problem alle Fragen zu beantworten.Beim hinausgehen legt jeder seins auf dem Pult des Mentors ab."Bitte,würden sie einen Augenblick bleiben?" nähert er sich Emily.Sie schaut nach John,der ist auf dem Gang mit anderen Teilnehmern im Gespräch ,so stimmt sie zu."Ich konnte nicht umhin bei unserem ersten Aufeinandertreffen zu bemerken das sie Fähigkeiten haben,darf ich fragen welche?" fragt er ernst.Sie ist verwirrt: "woher wissen sie das?" Crumble blickt sie an : "ich bin ein guter Beobachter,von ihrem Freund wusste ich es ja,doch bei ihnen,ich weiss gar nicht wie ich es sagen soll,es traf mich und ich weiss nicht warum".Er versucht sich zu erklären,findet jedoch nicht die richtigen Worte."Ich denke es ist hier nicht der Ort und nicht die Zeit das zu erörtern" beendet Sie das Gespräch.Doch der Professor lässt nicht locker :" rufen sie mich an,bitte,dann finden wir einen geeigneten Zeitpunkt." Emily sagt zu und verabschiedet sich.es war ein sehr langer aufregender Tag und sie ist froh in ihr Bett zu fallen.

"Ein neuer Tag bringt neues Glück" denkt sie sich beim aufstehen.Heute lässt sie es ruhig angehen,sie trifft sich mit Professor Tiberius,ihrem Boss.Er hat um ein Gespräch gebeten,um zu hören wie sie sich eingelebt hat.So muss sie erst später ins Labor und kann ihr Frühstück geniessen.Auch das Wetter ist wunderbar ,es gibt ihr ein gutes Gefühl,das erste mal seit längerem.Ihr Chef empfängt sie lächelnd und bei einem Spaziergang über den Campus redet es sich ganz entspannt und angenehm.Alles ist zu beiderseitiger Zufriedenheit,so begibt sie sich in Richtung ihres Arbeitsplatzes.Beim Gang über den Flur jedoch erhascht sie ein Telefongespräch das jemand führt.Sie bleibt stehen und lauscht,es sind nur Fetzen zu verstehen:"Wenn ich ehrlich bin,es geht mir schon ziemlich an die Nieren.Verstehen sie das nicht falsch,ich weiss das man für die Forschung Opfer bringen muss,aber diese Verzweiflung der Probanden,sie tun mir manchmal wirklich leid.Ich bin mir nicht sicher ob das ethisch noch vertretbar ist",eine kurze Pause,indem der Angerufene antwortet,das ist jedoch nicht hörbar für sie."Ich weiss das viele Menschen davon profitieren werden,ich weiss eben einfach nicht ob ich das noch länger so mitmachen kann." Plötzlich geht hinter ihr eine Tür auf und der Telefonierende verschwindet erschrocken in der Toilette.Emily lässt sich nichts anmerken und geht ,als wäre sie gerade gekommen, in ihr Labor.Langsam erschrecken sie diese Vorkommnisse nicht mehr so sehr,sie lernt schnell.Als sie gerade neue Proben in ihren Schrank schliessen will,steht Michael hinter ihr: "Na schöne Frau" grinst er sie an."Was schnüffelst du hier herum?" Selbstbewusst sieht sie ihn an: "Ich schnüffle nicht ,ich teste".Verunsichert blickt ihr Kollege auf ihre Experimente: "entschuldige ,so war das nicht gemeint,ich wollte fragen ob ich einige von meinen Behältern in deinen Schrank geben darf".Sie bejaht,er gibt ihr Anweisungen:" Die dürfen nicht bewegt werden und müssen immer gekühlt bleiben".Sie gibt ihm zu verstehen das sie sich darum bemühen wird und er verschwindet ,wie immer,so schnell wie er kam.Nun muss sie nur noch warten bis alle gegangen sind,um sich eigene Proben davon anzulegen.Sie beschriftet sie für sich unauffällig und schliesst sie mit in den Probenschrank.Dann ruft sie von ihrem Handy John an und setzt ihn darüber in Kenntnis,der gibt es sofort an das FBI weiter.Zum Abendessen treffen sich John,Emily,Amanda und Brandon Crumble in einem Restaurant.Hier können sie ungestört Informationen austauschen,Amanda lobt Emilys schnelle Reaktion mit den Proben.Brandon charakterisiert nochmals einige Vorgänge auf die sie achten müssen."Na ihr habts hier ja gemütlich !" erklingt eine bekannte Stimme hinter ihnen.Die Überraschung ist wirklich gelungen : Sam,ihr Dad und O´Malley lächeln in die Runde.Emily springt auf und fällt Sam um den Hals,dann drückt sie dem Superintendent einen Kuss auf die Wange : "ihr wisst gar nicht wie sehr

ich euch vermisst habe,es ist so toll euch zu sehen,wie gehts Ruben und Mc Grady?"
O´Malley bestellt sich ein Bier: "nun lass uns erstmal hinsetzen,das redet sich besser."
So wird es ein sehr langer und informationsreicher Abend."Wo wohnt ihr denn solang
ihr hier seit?" fragt John als sie aufbrechen wollen."Mein Dad hat eine FBI Wohnung
hier" entgegnet Sam,4 Blocks von hier.John bietet an sie nach Hause zu fahren,was sie
dankend annehmen und Professor Crumble ergreift die Chance :"Ich bringe die beiden
Damen heim".Entspannt und fröhlich fahren alle los.Brandon setzt Amanda zuhause ab
und auf dem Weg in Emilys Apartment beginnt er nochmals auf ihre Fähigkeiten
hinzuweisen."Ich kann mit Verstorbenen in Kontakt treten und irgendwie innerlich
zeitreisen,ich bin dann wie in Trance,erlebe es aber als real" antwortet sie ihm."Es ist
schwer zu erklären".Vor dem Apartment verabschiedet sie sich und geht hinauf wo John
sie erwartet,es ist sehr spät geworden und sie fallen erschöpft ins Bett.Der pfeifende
Teekessel reisst Emily am Frühstückstisch aus ihren Gedanken."Was ist los?" fragt
John. "Ich weiss nicht,es ist ein merkwürdiges Gefühl das mich beschleicht,ich kann es
nicht genauer definieren aber es wird etwas passieren." Sie ist angespannt,jeder Bissen
im Hals schmerzt.Das hatte sie vorher noch nicht erlebt.Die Tür öffnet sich leise und
Sam blinzelt herein : " Guten Morgen ihr Lieben!". "Komm rein,schön das du da bist,ich
könnte einen Rat brauchen" wendet sich Emily ihr zu. " Nur heraus damit ,vielleicht
kann ich helfen". "Ich muss los zur Arbeit,magst du mich bringen dann erkläre ich dir
alles." Sam stimmt zu,John wirft ihr einen bedeutungsvollen Blick zu,dann geht es auch
schon los.

Die beiden Frauen haben beschlossen das Sam sich etwas an dem Arbeitsplatz ihrer
Freundin umschaut.So betreten beide das Labor und ziehen sich Kittel über.Die
erstaunten Blicke ihrer Kollegen kommentiert Emily sofort: "Das ist Sam,eine Kollegin,
sie arbeitet auch in der Forschung". Sie öffnet ihren Probenschrank und holt ihre
gesammelten Behälter mit Michaels Kulturen.Unauffällig steckt sie sie ins Sams
Tasche.Beide blättern noch in den Berichten und täuschen eifrige Beschäftigung vor.Das
Telefon klingelt,Emily wird zum Chef gerufen,samt dem unangemeldeten Besuch und
sofort.So gehen in Richtung Klinikverwaltung,als ein lautes Gespräch sie veranlasst sich
zu verstecken und mit zu hören.

"Die Forschung ist nicht für jeden etwas,hier geht es um
Disziplin,Vertrauen,Verschwiegenheit und bedingungslose Loyalität ! Das wussten sie
doch als sie hier anfingen"! grummelt eine tiefe Stimme."Ja aber von
Menschenversuchen und Todesopfern war nicht die Rede. Wie können sie noch ruhig
schlafen"? erklingt Michaels Antwort.Erschrocken blicken sich die Freundinnen an.Er
steckt also mit drin.Ein Niesen auf dem Gang unterbricht diese Unterhaltung,die beiden
Frauen begeben sich ins Büro von Professor Tiberius.Süß sauer lächelnd empfängt er sie
und kommt gleich zur Sache: " Wir mögen es hier gar nicht wenn jemand in unseren
Abteilungen Informationen sammelt ohne Genehmigung "!

"Ich bin Professor Cahun."reicht Sam ihm die Hand."Ich bin die Neue im Finanzvorstand der Stiftung die das alles hier finanziert.da dachte ich ich mache mir mal selbst ein Bild von allem,damit ich weiss ob die Gelder gut angelegt sind.aber ich denke sie brauchen sich nicht zu sorgen,ihr guter Ruf ,vor allem in der Forschung, eilt ihnen ja weit voraus lieber Professor Tiberius" versucht Sam ihn einzuschüchtern.Es funktioniert.Kleinlaut bietet der Chef beiden Damen eine Führung und sämtliche Berichte an."Ich wusste gar nicht das sie beide sich kennen?" äussert er. "Wir sind gemeinsam zur Schule und durchs Studium gegangen und wohnten in einem Zimmer" erklärt Emily.Sam lächelt sie an,sie ist beeindruckt von ihrer schnellen Auffassungsgabe.So geleitet sie der Professor durch sämtliche unverfängliche Abteilungen des Campus.Als sein Pieper losgeht,verabschiedet er sich eilig ,das gibt den Freundinnen die Gelegenheit noch etwas herum zu schauen.Während ihrer weiteren Besichtigungstour beratschlagen sie das Vorgehen bezüglich Michael.Er scheint Gewissensbisse zu haben,vielleicht wusste er ja wirklich nichts von all dem.Irgendwie müssen sie ihn einbeziehen.Das wird ein schwieriges Unterfangen,das wissen sie.Als sie im Labor ankommen ist dort ein wildes Chaos,Michael tobt.Sam und Emily schnappen ihn sich, pressen ihn mit aller Kraft auf einen Stuhl:"Was tust du da? Beruhige dich "! Emily bricht leblos zusammen.Erst da kommt Michael zur Besinnung.Sein leerer Blick streift Sams Gesicht,er hebt Emily sanft auf seinen Arm und deutet ihrer Freundin ihm zu folgen.Leise gehen sie einen menschenleeren Gang hinauf,durch einen Plastikvorhang in ein Büro mit Couch.Hier legt er sie ab,schüttelt ein Kissen auf um es unter ihren Beinen zu platzieren.Langsam kommt Emily zu sich."Es tut mir leid,das wollte ich nicht"! stammelt Michael und reicht ihr ein Glas Wasser.Sie nimmt seine Hand :"Es ist nicht deine Schuld,du konntest es ja nicht wissen".Sam versteht die Nähe der beiden nicht und auch nicht was da gerade passiert.Verständnislos blickt sie in die Runde.Emily setzt sich ein wenig auf um Sam die Situation zu erläutern: " Michael ist wie ich.Er hat Fähigkeiten.Als er wütend war konnte er sie nicht mehr kontrollieren und traf mich aus Versehen"."Und warum nur dich und niemanden sonst,es waren soviele Menschen da"? wundert sich Sam. Darauf hat Emily auch noch keine zufriedenstellende Antwort :" Es liegt wohl an den Fähigkeiten,wir sind empfänglich für die von anderen.Vielleicht genetisch bedingt.Ich weiss es nicht."Wie aus einem Munde tönen Sam und Michael :"Dann finden wir es heraus"! Doch für heute haben sie genug,machen sich auf den Heimweg."Wir fahren alle zu mir" ist Emilys Ansage.Das lässt keinen Widerspruch zu ,so kommen sie bei John im Apartment an.Die beiden Jungs begrüssen sich mit einer Umarmung.Die Freundinnen blicken sich erstaunt an." Das ist Michael Crumble" stellt John ihn vor."Er ist der Sohn von Brandon". "Lasst uns hineingehen,bei einem Tee lässt sich alles besser verdauen." So kommen die Mädels aus dem Staunen gar nicht heraus über all die neuen Erkenntnisse.Michael hat Genetik studiert und arbeitet schon länger auf dem Campus.Doch er kam dort Ungereimtheiten auf die Spur und erzählte dies seinem Vater.Der wurde hellhörig,denn Amanda hatte mal einen Fall indem es um Menschenversuche ging.Die beiden kennen sich so lang,sie ist fast wie eine

Tochter für ihn und so haben sie keine Geheimnisse voreinander.Also berichtete Brandon Amanda von Michaels Verdacht.Bei einem gemeinsamen Abendessen beschlossen sie dem nach zu gehen und so fing Michael an zu ermitteln.Nach anfänglicher Skepsis beförderte Professor Tiberius ihn in eine höhere Vertrauensstufe.Bis vor einigen Tagen.Ein Mitarbeiter der Versuchsabteilung verschwand spurlos,Michael wurde an dessen Platz versetzt und gehörte nun zum Kreise derer die Menschenversuche unternahmen."Wir brauchen jetzt jede Hilfe die wir kriegen können,es ist gefährlich,das geht bis in die obersten Regierungskreise" führt John weiter aus.Also rufen sie Amanda an und bitten sie mit Brandon Crumble in ein Restaurant ausserhalb.Auf dem Weg dorthin holen sie Sams Dad Ron und O`Malley ab,die den Tag damit verbrachten die Stiftung des Campus unter die Lupe zu nehmen.Da sie wissen das es ein sehr langer Abend wird,bestellen sie eine Buffetplatte für 16 Personen.Ron und der Superintendent haben auch keine erfreulichen Neuigkeiten.Die Stiftungsmitglieder sind alle hochrangig dekorierte Mitglieder von verschiedenen Regierungsabteilungen und des Militärs."Es ist unmöglich das gesamte Netzwerk auszuschalten". Amanda gibt sich nicht geschlagen:"Geht nicht gibts nicht.Es muss gut durchdacht sein,wir brauchen Beweise und das reichlich,Proben,Versuchsberichte,Krankenakten,Unterlagen der Stiftung ,Lebensumstände der Mitglieder und Hintergründe aller Beteiligten."

Michael lächelt sie an : " So kenne ich dich,du gibst niemals auf". "Genau wie du" huscht ein verliebtes Lächeln über Amandas Gesicht.So planen sie bis spät in die Nacht was zu tun ist.In einer kleinen Pension hinter dem Restaurant bekommen sie noch freie Zimmer in denen sie ihren wohlverdienten Schlaf finden.Beim morgendlichen Frühstück wird die Aufgabenverteilung besprochen.Michael fährt ins Labor.Sam und Amanda holen aus dem Apartmentkühlschrank die Proben die Emily am Vortag aus dem Probenschrank mitnahm und untersuchen diese im FBI eigenen medizinischen Trakt.Ron bringt Emily zum Campus,danach wird er mit John und O`Malley ausarbeiten wie sie in die Stiftung gelangen um Unterlagen zu kopieren.Doch bevor sich alle auf den Weg machen nimmt der Superintendent sein Telefon ,ruft Emily zu sich und gemeinsam rufen sie Ruben und Mc Grady an.Als das Gespräch beendet ist,fühlt sich Emily schon viel entspannter.O`Malley nimmt sie in den Arm : " Ich bin so stolz auf dich meine Kleine,du bist deinem Vater sehr ähnlich." Dankend blickt sie ihn an und sie kehren an den Tisch zurück um ihren Kaffee auszutrinken. Michael ist schon fort und die anderen sitzen fröhlich brabbelnd beim Essen.Auf der Fahrt zur Arbeit hängt Emily ihren Gedanken nach.Die Sonne streichelt warm und sanft ihre Haut und der Wind zerzaust ihr Haar durch das offene Autofenster.Als sie das Labor betritt müssen sie den Schein wahren,daher blickt Michael kurz hoch und gewohnt ungehalten grummelt er : " Ach sie kommen auch schon,dann geht es ihnen wohl besser". "Ja danke der Nachfrage,ihnen auch einen schönen Guten Morgen" antwortet sie trocken.Dann verschwindet er ,wie gewohnt still und leise.Konzentriert liest Emily sich durch diverse

Forschungsberichte aus dem Aktenschrank."Was lesen sie da"? neugierig blickt Furge über ihre Schulter.Er ist ein Laborkollege,wirkt ein wenig wie ein Nerd,eine Brille in dicker Fassung mit übergrossen Gläsern ziert seine kleine Nase." Ich habe mich in eure Untersuchungen eingelesen,doch ich finde hier gar nichts über Nanorobotik." Laut zieht Furge durch die Nase hoch : "Das wirst du auch nicht,die Akten sind unter Verschluss,von uns arbeitet da ja niemand dran". Sie ignoriert sein schnorchelndes Geräuschrepertoire : "Ach wie schade,ich habe es studiert und hoffte hier weiter daran forschen zu können,ich werde mit dem Professor sprechen,vielleicht gibt er mir Zugang dazu.Aber Danke Furge". Emily macht sich direkt auf den Weg ins Büro von Professor Tiberius.Dieser beäugt sie argwöhnisch : " Geht es ihnen gut meine Liebe? Ich hörte sie seien gestern einfach umgefallen". Fest blickt sie ihm in die Augen : "Ja danke, es geht wieder.Ich hatte nicht gefrühstückt,das ist mir nicht bekommen.Ich muss mich auch mit dem warmen Klima hier erst etwas anfreunden". Das versteht er und kauft ihr diese Ausrede auch ab: " ja ich komme ja auch nicht von hier und hatte mit der Wärme so meine Anfangsschwierigkeiten,das gibt sich in ein paar Wochen.Aber bitte setzen sie sich doch,was führt sie zu mir"? Emily redet nicht drum herum : "Sie haben ja meine Bewerbungsunterlagen gelesen,daher wisen sie das ich sehr viel mit Nanorobotik geforscht habe,ich möchte Zugang zu den bisherigen Berichten und Untersuchungsreihen,denn ich habe beschlossen hier daran weiter zu arbeiten". Tiberius versucht sie zu testen : "Ich mag ihre direkte Art meine Liebe,sie reden nie um den heißen Brei". Sie lässt sich nicht verunsichern : " Warum sollte ich,es kostet viel Zeit und in der Forschung ist Zeit Geld". Der Professor reicht ihr die Hand : " Ich sehe sie morgen früh vor Arbeitsbeginn in meinem Büro,ich werde alles veranlassen". Ohne eine Miene zu verziehen steht sie auf : "Danke Herr Professor,ich sehe sie morgen früh". Als sie die Tür öffnen will ruft er sie kurz zurück .Emily ist erschrocken doch dreht sie sich selbstbewusst zu ihm um. " Bitte nennen sie mich doch William". "Okay William,ich sehe dich morgen früh" lächelt sie. "Bis morgen früh Emily" entgegnet er.Sie schliesst die Tür leise hinter sich und geht mit einem tiefen Atemzug in Richtung Labor. "Du darfst den Chef beim Vornamen nennen? Das darf hier niemand "! ertönt dicht hinter ihr ein wohlbekannter Tenor. "Michael ! Hast du mich erschreckt ! Er hat mir das Du angeboten ,aber woher weisst du...? Du hast gelauscht !" Ihr grummliger Kollege wirkt sehr gelassen und fröhlich : "So würde ich das nicht bezeichnen,ich kam zufällig vorbei und hörte dich,da wollte ich sicher gehen das alles in Ordnung ist". "Ach so nennt man das jetzt" lacht Emily "Na komm das Labor wartet". Der Rest des Tages verläuft sehr entspannt,einträchtig arbeiten alle gemeinsam an Grundlagen.Zum Feierabend wollen alle auf ein Bier gehen,so stimmen Michael und Emily zu.Ausgelassen befreunden sich alle mit Emily und so ist sie als "Neue" anerkannt.Abends sitzt sie mit John auf dem Sofa und knabbert Snacks während er ihr vom Werdegang der kommenden Tage erzählt.Dann nimmt er sie in den Arm : " weisst du,du hast dich sehr verändert." Verwirrt starrt sie ihn an: "Was meinst du? Ich bin doch wie ich immer bin,vielleicht etwas angespannt aber..." John beruhigt sie: "Nein Schatz,ich wollte sagen das du dich weiterentwickelt hast,noch selbstbewusster,du hast viel gelernt,kniest dich in diese Sache rein,ich finde das toll und ich bin stolz darauf dein Mann zu sein" Emily horcht auf. Hatte sie gerade richtig gehört? Doch bevor sie fragen konnte strahlte sie aus einem kleinen Kästchen in Johns Hand ein wunderschöner fein gearbeiteter Ring an. "Ich liebe dich" entfuhr es ihr."Und ich dich" küsste er sie lang und innig.Dann steckte er ihr den Ring an.Glücklich lagen sie sich in den Armen.Emily war früh aufgestanden und hatte beim Bäcker Brötchen geholt.Sie deckte den Tisch und gerade als sie ihren Verlobten wecken wollte,hatte der Kaffeeduft ihn geweckt.Verschlafen stiefelte er aus dem Schlafzimmer.Sie genossen das gemeinsame Frühstück."Du bist früh hoch" schmunzelte John. "Ja,ich muss doch vor der Arbeit zum Chef wegen den Akten der Nanorobotik,hab ich vor lauter Glück gestern ganz vergessen zu erzählen" entschuldigt sie sich. "Das ist super !" entglitt es ihm "das können wir in unsere Planung mit einfliessen lassen,ruf mich an wenn du sie hast okay?" Emily bejahte und genoss ihren Kaffee.Gut gelaunt fuhr sie zum Campus und ging schnurstracks ins Büro des Professors.Dort erwartete sie bereits eine kleine Menschenmenge.Und Michael. Der Professor kam ihr entgegen,nahm sie am Arm : " Komm meine Liebe,ich möchte dir etwas zeigen". Den langen Flur hinunter zum Fahrstuhl wusste sie gar nicht wie ihr geschah,sie versuchte sich zu fangen,war jedoch sehr verunsichert."Wo gehen wir hin?" möchte sie wissen."Das ist eine Überraschung!" der Professor drückte auf den Knopf für die vierte Etage. Oben angekommen,ist alles menschenleer,vieles wird renoviert oder ist im Umbau.Emily versteht nicht bis sie an eine grosse schwere Schiebetür kommen."Mach die Augen zu" bittet Tiberius.Sie kommt sich komisch vor,folgt jedoch seinem Wunsch.William öffnet die Tür und führt sie vorsichtig hinein: "Augen auf!" Sprachlos starrt Emily in das grosse voll eingerichtete Labor der Nanorobotik."Das ist dein neuer Arbeitsplatz" präsentiert er ihr fröhlich. Sie weiss gar nicht wie sie reagieren soll : " Ich wusste gar nicht das sie eine extra Abteilung dafür haben" erwidert sie verdattert."Hatten wir auch nicht,das ist für dich". Sie umarmt Tiberius und flüstert: "Danke,das ist toll".Emily ist dankbar,so kann sie ohne Aufsehen ihre Nachforschungen führen.Hinter ihr wird es lauter,die Menschenmenge aus dem Büro ist nun ebenfalls angekommen."Das ist dein Team" erläutert der Professor.Michael freut sich leise im Hintergrund das auch er dazu gehört."Nun überlasse ich dich ganz deiner Arbeit.Wir werden viel erreichen." verabschiedet sich Tiberius.Emily ist ein wenig überfordert mit dieser Situation,Michael greift helfend ein: "Jeder richtet sich einen Laborplatz ein,legt euch Akten an,alles wird genauestens dokumentiert".Dann nimmt er Emily am Arm und geht mit ihr in das angeschlossene Büro."Oh Mann,ich steh da wie ein Depp" flüstert sie."Das hier ist dein Büro,lass dir Zeit ,richte dir alles her,der Rest kommt von allein" ermuntert Michael sie."Was du in der kurzen Zeit hier erreicht hast ist beachtlich,das hat keiner geschafft.Eigentlich seltsam,wir sollten wachsam und vorsichtig sein".

Einige Stunden später hat sich die Aufregung gelegt,Emily hat erste ältere Forschungsakten eingesehen,jedoch nichts gefunden.Sie hat sich ihrem Team vorgestellt und jeden Einzelnen kennengelernt.Über ihren Köpfen schwebt eine friedvolle Euphoriewolke.Es ist wie der Pioniergeist,den man bei Forschern findet,die zu einer Expedition aufbrechen.Sie fühlt sich wohl in dieser Atmosphäre.Ihre Gedanken gelten nun vor allem der Aufgabe Beweise zu finden.In den kommenden Tage arbeitet sie mit Michael alle alten Akten der Nanorobotik durch,doch zu finden ist nichts."Wir übersehen hier etwas" stellt sie fest.Doch was weiss sie nicht,es ist als ob noch Teile fehlen.Die beiden beginnen damit sich überall in der vierten Etage umzusehen.

Während dessen sind auch die Herren O`Malley,John und Sams Dad Ron fleissig.John der als freier Journalist unterwegs ist,hat sich bei der Stiftung einen Termin geben lassen unter dem Vorwand einen Bericht über Gemeinnützigkeit,Gesundheitswesen und den Fortschritten in der medizinischen Forschung schreiben zu wollen.Ron hat Abhörgeräte besorgt,die John dort verteilen muss,sie sind dank der neuesten Technik so klein das sie kaum entdeckt werden können.O`Malley hat alle Daten ehemaliger Mitarbeiter der letzten acht Jahre recherchiert,die in Rente gingen oder entlassen wurden beziehungsweise gekündigt haben.Es waren zehn,davon leben noch drei.Die Adressen hat er in seinem Notizbuch notiert um sie später auf zu suchen und zu befragen.

Sam und Amanda sind mit der Untersuchung der Proben fast fertig,auch hier fand sie wie früher schon Nanoroboter.Nun untersuchen sie zu welchem Zweck sie verabreicht wurden."Es wäre ein Durchbruch in der Medizin wenn es gelungen wäre sie zu programmieren.Doch das sind defizile Untersuchungen,sie erfordern umfanggreiche Kenntnisse,das richtige Equipment und Zeit" führt Sam aus."Und ganz ehrlich ,ich weiss eigentlich noch nicht einmal wonach ich eigentlich suchen soll also wo anfangen,es gibt verschiedenste Möglichkeiten".Amanda stärkt ihr Selbstbewusstsein: "Du wirst es finden,ich vertraue dir". Sam umarmt Amanda dankbar.

Beim Abendessen treffen sich alle im Diner ausserhalb, um die Erkenntnisse des Tages auszutauschen.Die grösste Überraschung ist das Labor das Emily nun führt."Das eröffnet uns völlig neue Möglichkeiten,da kann ich genaue Untersuchungen der Proben und der Naniten vornehmen" freut sich Sam."Das können wir am Wochenende machen,dann ist niemand im Labor" stimmt Emily zu "ich habe morgen mittags Feierabend,dann weiss ich mehr". So geniessen sie noch eine Weile die gesellige Runde ohne Arbeitsgespräche und fahren gut gelaunt in ihre Wohnungen.

Der Morgen verlief ruhig ,im Labor ging jeder seiner Arbeit nach und Emily saß in ihrem neuen Büro um sich Wissen über Nanorobotik anzueignen,es soll ja niemand merken,das sie nicht vom Fach ist.Auf ihrem Schreibtisch liegen Akten,die sie noch durcharbeiten will,Arbeit für zuhause.Ein wohlbekanntes schnorchelndes Hochziehgeräusch reisst sie aus ihren Gedanken.Furge blickt stirnrunzelnd auf die Papiere in ihrer Hand : " Was tust du da? " fragt er neugierig. "Ich bilde mich weiter,lese

Forschungsberichte und schaue mir die neuesten Erkenntnisse zu meinem Fachgebiet an,warum fragst du?" Ihr nerdiger Kollege deutet mit dem Finger hinter sich: "dieser Michael,irgendetwas stimmt mit dem nicht,den solltest du im Auge behalten".Emily ist verwirrt : "was heisst es stimmt etwas nicht?" Furge schiebt seine übergrosse Brille geräuschvoll wieder hoch: " ich glaube der spioniert für Pharmakonzerne".Laut lacht Emily los: " Furge mein Lieber,wo hast du denn solche Räuberpistolen her? Wir sind hier doch nicht in einem Fernsehkrimi".Beleidigt schlurft ihr Kollege zurück ins Labor.Zumindest brachte ihr das die Erkenntnis,das sie auf der Hut sein muss und zwar vor Furge.Langsam haben sich für heute alle verabschiedet ,Emily packt die Akten in ihre Tasche und fährt heim.Sam erwartet sie schon mit einer Tasse Tee : "da bin ich gespannt,was wir so finden" .Emily legt einen grossen Stapel verschiedenfarbiger Ordner auf den Tisch : " bis jetzt nichts Verdächtiges,aber zugegeben,ich habe inhaltlich einiges nicht verstanden." Ihre Freundin beschwichtigt sie : " das ist ja auch kein leichtes Thema,selbst ich bin nur Anfänger in der Nanorobotik und einiges ist wirklich schwer verständlich.Du machst das toll ,ich habe für uns beide einen Lehrgang in einem Hotel zu dem Thema gebucht,Anreise ist nächsten Freitag". "Das ist eine gute Idee" erwidert Emily.Dann machen sich die beiden daran alles zu lesen.Nach einigen Stunden und einer Kanne Kaffee beschliessen sie für heute Feierabend zu machen.Sam hat von einigen der Dokumente Kopien gezogen um sie später nocheinmal zur Verfügung zu haben.Da dreht sich der Türknauf und John steht in der Tür.In der Hand ,wunderbar duftend eine riesengrosse Pizza.Mit einem Kuss nimmt Emily sie ihm ab und deckt den Tisch.John hat recherchiert und kann mit Neuigkeiten aufwarten : "Ich habe mich heute bei verschiedenen Vereinigungen von Ärzten und Wissenschaftlern umgehört.Sie erstellen neutrale Übersichten zu verschiedensten Forschungen und Therapien,dabei fiel mir dies hier in die Hand." Er holt einen Ausdruck aus seiner Tasche. "Das ist eine Zusammenstellung von Pharmaunternehmen die an speziellen DNA Forschungen interessiert sind und dafür Forschungsgelder bereitstellen.Ein sehr junges aber sehr einträgliches Marktsegment wenn zum Beispiel ein Medikament entwickelt würde das dafür sorgt das wir nicht altern oder eines das uns einen muskulösen Körper beschert ohne quälende Stunden im Fitnesscenter.Zwei von denen arbeiten für die CIA ,Gutachten und solche Sachen,ich denke die sollten wir unter die Lupe nehmen." Die beiden Frauen stimmen zu,sie geben Amanda telefonisch einen Überblick des Tages.

Emily ist früh aufgestanden,sie wollte heute vor allen anderen im Labor sein.Sie hat kleine Häppchen besorgt und nun im Büro kocht sie ersteinmal Kaffee. "Guten Morgen" klingt eine vertraute Stimme an ihr Ohr."Michael ! Genau der den ich sehen wollte ! Bist du allein?" Michael bejaht etwas irritiert."Gut kommen wir gleich zur Sache : Sieh dich vor,Furge beobachtet alles was wir tun ! Er war gestern bei mir um mir mitzuteilen das du für ein Pharmaunternehmen spionierst."erklärt sie ihm.Michael winkt ab: " ja das weiss ich schon,Furge ist eingeschleust nehme ich an,für wen er aber arbeitet und was genau er herausfinden soll weiss ich nicht.Er ist mir schon einige Male hinterher geschlichen,ich habs aber gemerkt." Emily ist beruhigt: "Okay,dann ist gut,übrigens bin ich nächsten Freitag ab Mittag zu einem Lehrgang über Nanorobotik im Candlewood." Er nickt und zeigt mit einem geneigten Kopf an das die ersten Kollegen eintreffen.Unauffällig geht jeder seiner Arbeit nach.zur Mittagszeit stellt Sie die Häppchen und den Kaffee im Labor auf einen Tisch und ruft alle zusammen : " Ich wollte mich bedanken das ihr mich so nett aufgenommen habt und wünsche mir eine vertrauensvolle Zusammenarbeit.Greift zu und lasst es euch schmecken!" "Ich glaube ich bezahle meiner neuen Lieblingsangestellten zuviel" die sonore Stimme des Professors ertönt direkt hinter ihr."Professor ! Ich habe sie mehrfach angerufen ,doch nicht erreicht." stammelt Emily."Deswegen bin ich hier,was gibt es so dringendes meine Liebe?" Sie hat sich schnell wieder gesammelt :" Ich wollte sie zu meinem Einstand hier einladen" lächelt sie süss."Wir waren doch beim DU Emily ?"legt er seinen Arm um ihr Hüfte. "Natürlich William !" geht sie einige Schritte mit ihm bis vor die Tür."Ich habe gehört das sie zu diesem Lehrgang am nächsten Wochenende gehen,ich schaffe es leider zeitlich nicht,bringst du mir die Broschüren und Berichte von dort mit?" bittet Tiberius."Aber natürlich" gibt Emily ihr Einverständnis."Gut dann will ich dich nicht länger aufhalten meine Liebe,ich würde mich freuen wenn du mir von Zeit zu Zeit deine Forschungsergebnisse vorbei bringst und wir einen Kaffee trinken" zwinkert er.Sie lässt sich nichts anmerken und flirtet zurück : " sehr gern William".An ihrem bitter süssen Gesichtsausdruck kann Michael ihre Abneigung ablesen:" So schlimm?" Sie nickt und schluckt:"wenn ich nur wüsste was er von mir will ?" Leise flüstert er:"Ergebnisse will er,egal welche,Nanorobotik steckt in den Kinderschuhen,es geht um viel Geld und wie wir beide vermuten noch um viel mehr".Sie weiss das er recht hat und erzählt ihm von Johns Erkenntnissen."Wir kratzen immer nur an der Oberfläche,das Ganze geht viel tiefer" vermutet Michael."Ich weiss zum Beispiel das verschiedenste medizinische Grenzwerte über die Jahre abwärts korrigiert wurden um mehr Menschen "behandlungsbedürftig" zu machen,obwohl die eigentlich gesund sind.Das bringt enorme Summen ein,zeigt aber auch das die Gesundheitsorganisationen mit drin stecken,das ist ein Fass ohne Boden.Die Vereinigungen von denen John gesprochen hat ,sollten eigentlich unabhängig sein um wirklich neutrale Ergebnisse liefern zu können,das ist nicht immer der Fall.Es sind schon mehrere Fälle unter den Tisch gekehrt worden,wo Studien und Ergebnisse in deren Berichten geschönt wurden,es ist schwierig an diese Leute heran zu kommen,die haben Beziehungen bis nach ganz oben".Emily ist erstaunt: "umfangreiches Wissen hast du,kann man das irgendwie belegen?" Michael schaut sie mit grossen Augen an: " Sicher,nur kommt man an diese Unterlagen nicht heran,zumindest nicht wenn man nicht zu denen gehört." Sie ist voller Tatendrang und sehr einfallsreich:"Ich hab da schon eine Idee".Das lässt Michael nichts gutes erahnen."Ich muss los" verabschiedet sie sich hastig und verschwindet durch die Tür.Zuhause angekommen,ruft sie Amanda an und bittet sie, allen Bescheid zu geben, daß sie zusammen zum Abendessen kommen.Sie macht einen Auflauf und stellt eine Flasche Wein dazu.Als alle versammelt sind wird gemütlich geplaudert und gegessen."Nun rück schon mit der Sprache raus" grummelt O`Malley,nachdem er den leeren Teller in den Geschirrspüler stellt."Michael hat mich auf eine Idee gebracht" deutet sie in seine Richtung."Morgen ist Samstag,Sam und ich wollten ja sowieso ins Labor wegen der Proben.Vielleicht gelingt es ihr ja etwas neues heraus zu finden was Nanoroboter angeht und das für den Professor interessant wäre.Ich werde mich damit bei ihm einschmeicheln,eventuell habe ich so die Möglichkeit,an etwas beweiskräftiges heran zu kommen,bestenfalls weiht er mich auch in seine Machenschaften ein,er hat ja sowieso ein Auge auf mich geworfen." Allgemeines verneinendes Kopfschütteln bringt sie jedoch nicht aus der Ruhe.Amanda ist die Ausnahme:" ich finde den Vorschlag gar nicht schlecht,es könnte funktionieren".

Als alle gegangen sind nimmt John seine Frau in den Arm : " Ich liebe dich,ich kann mir mein Leben ohne dich nicht mehr vorstellen ". Emily ist verunsichert : "Was ist denn los? Du bist doch sonst nicht so besorgt?",die Falten auf seiner Stirn vertiefen sich : " Das ist gefährlich,die Sache nimmt einen ungeahnten Verlauf und ich habe Angst." Ein Schauer läuft über ihren Rücken und ein Kloß bildet sich in ihrem Hals.Ihr Mann ,der Starke,den nichts so schnell aus der Ruhe bringt hat Angst.Beruhigend streicht sie über sein Gesicht :" Alles wird gut,wirst sehen.Aber wenn wir jetzt aufgeben,hört das nie auf und wer weiß wieviele Menschen dann noch sterben."John nickt zustimmend : " Das weiß ich doch ,aber bitte pass auf dich auf,unser Baby soll gesund zur Welt kommen." Ungläubig blickt Emily ihren Mann an und faßt unvermittelt auf ihren Bauch,woher er das vor ihr weiß braucht sie nicht zu fragen.Mit diesem Wissen kommen auch bei ihr Zweifel auf,sie muß vorsichtiger sein als zuvor jedoch ohne das es jemand mitbekommt.Sie beschließen es erstmal für sich zu behalten.Es wird schwieriger werden.Eine unruhige fast schlaflose Nacht findet ein frühes Ende als das Telefon klingelt.Michael teilt ihr mit das jemand im Labor alles durchwühlt hat.Müde schlürft sie ihren Tee und macht sich fertig.John drückt sie sanft an sich : " Sei bitte vorsichtig,ich rufe dich nachher an ".

An ihrem Arbeitsplatz sieht es aus wie auf einem Schlachtfeld,Unterlagen und Gerätschaften liegen auf dem Boden verstreut herum.Amanda ist vor Ort ,doch sie tun als würden sie sich nicht kennen.Dennoch wird Emily aufs Revier zitiert um eine Aussage zu machen,das ist unauffällig und wirkt normal.

Sie räumen alles auf ,die Mitarbeiter bekommen den Tag frei.Sie arbeiten also alle heute von zuhause aus.So treffen sich die Freunde im Diner ausserhalb der Stadt,hier haben sie Ruhe und sind unbeobachtet.

Die heißen Brötchen verströmten eine wohlige Atmosphäre mit ihrem Duft ,der Tee mit seinem kräftigen Zimtaroma vertreibt Emilys leichte Übelkeit.Ihre Gedanken schweifen ab,plötzlich findet sie sich in ihrem kleinen Häuschen wieder ,ein Kleines Mädchen tobt mit einem Hund durch ihr Heim und hinter einer Zeitung hervor grummelt eine tiefe Stimme vor sich hin.

"Liebling ! Hallo ?" wird sie unsanft aus der Situation gerissen."Was ist los,geht es dir gut?"

Verstört blickt sie in die Runde,John hält ihr einen Teller miit einem belegten Krusti hin."Ähm....Ja..ja..alles gut" dankbar fängt sie an zu essen ,während Amanda völlig gehetzt im Diner auftaucht."Wir haben ein Problem !" beginnt sie zu reden.O´Malley zupft an ihrem Ärmel :" setz dich,trink einen Kaffee und dann erzähl !"

Nachdem sie sich etwas beruhigt hat,teilt sie dem Rest der Freunde mit das der Geheimdienst in der Zentrale auftauchte und Fragen stellte,ob sie gegen das Campus Klinikum ermitteln würden und das sie sämtliche Akten darüber herausgeben sollte.Natürlich verneinte sie dies den Agenten gegenüber welche skeptisch wieder gingen."Damit wird unsere Arbeit noch mehr erschwert,denn irgendjemand hat wohl geplaudert." "Von uns war das niemand !" grummelt der Superintendent"dafür leg ich meine Hand ins Feuer". Michael wirft Emily einen vielsagenden Blick zu : " das kann nur Furge gewesen sein,er schnüffelt die ganze Zeit herum".

Amanda hört sich alles an was sie über den geräuschvollen Nerd wissen :" ich werde morgen früh gleich eine Personenabfrage machen,hoffentlich hilft uns das weiter."

Der Rest des Tages verlief ohne nennenswerte Zwischenfälle,der folgende Morgen begann für Michael und Emily ruhig im neu eingerichteten Labor.Während sie mit dem Lesen der Forschungsberichte zur Nanorobotik beschäftigt war,tritt der Professor leise von hinten an sie heran : "Guten Morgen meine Liebe !" klingt seine Stimme etwas kratzig an ihr Ohr. "Wie ich sehe sind sie fleissig bei der Arbeit? " Emily lächelt ihn verschmitzt an: "natürlich William,sie kennen mich schon zu gut". Zufrieden grinsend schaut er auch den Kollegen über die Schulter : "sehr schön,weiter so !" Sprachs und verschwand so leise wie er kam."Was war das denn?" Michael ist argwöhnisch."Keine Ahnung,irgendwie komisch" zuckt sie mit den Achseln.

Freie Journalisten sind meist ganztags unterwegs und arbeiten von zuhause aus.

John,der sich als solcher ausgab,hatte sich durch seine Kontakte allerdings beim Daily Horizon einen sonnigen PC Platz in der hintersten Ecke des kleinen Büros ergattert.

Hier fuhr er die neuesten Schlagzeilen bevor sie gedruckt wurden.Auch Informationen die er aus Gesprächen der drei Redakteure und Schreiberlinge der kleinen Tageszeitung erhaschte,waren oft eine große Hilfe.An diesem Morgen fängt er Wortfetzen einer Flüsterei auf : "Hast du schon gehört? Ein Flugzeugabsturz,kurz hinter der Stadt im Canyon ! Keine Überlebenden !"

Ensetzt aber ruhig verlässt er seinen Arbeitsplatz und ruft Amanda an.Sie ist bereits vor Ort ,John macht sich unverzüglich auf den Weg zu ihr.Überall liegen Trümmer,der sandige Boden ist aufgebrochen,es ist heiß und trocken.Plötzlich zieht ihn jemand von hinten am Hemd,eine Stimme flüstert : "Komm in 45 Minuten ins Wildlife Museum." Er dreht sich um,doch niemand ist zu sehen.Als er zu seinem Wagen geht,fallen ihm Männer in schwarzen Anzügen mit Sonnenbrillen und Hüten auf.*Da kommt man sich vor wie im Film,die Men in Black* lächelt er in sich hinein.Die Fahrt zum Treffpunkt führt durch die Stadt,der Verkehr ist dicht und selbst ohne den schleppenden Fortgang würde es länger als 30 Minuten dauern bis er dort war. Die Sonne brennt erbarmungslos hinunter,auf dem Parkplatz vor dem Museum gönnt John sich ersteinmal einen geeisten Americano.Der Kaffee macht ihn munter und die wohlbekannte Stimme erklingt fordernd aus Richtung Eingang : " den kannst du mit hinein nehmen,nun komm schon !" Ungeduldig zieht Sam ihn hinter eine der grossen Kakteen : "Ich war mit Amanda an der Absturzstelle,es war ein Learjet,4 Personen an Bord,plus Pilot und Co Pilot,doch die sind beide verschwunden ! Da ist irgendwas faul !" Sie zeigt ihm ihr Handyvideo,dicke Rauchschwaden steigen gen Himmel auf. " Schick mir das an meine Emailadresse,an die verschlüsselte !" flüstert er ihr zu."Das erklärt aber nicht die Anzugtypen am Ort des Geschehens ,ich muss mir das genauer anschauen ! Ich fahre los,du gehst erst in einigen Minuten,damit uns niemand zusammen sieht !"

John dreht den Zündschlüssel und braust davon.

Ein aufregender Tag geht zuende,Emily ist müde,doch sie bereitet alles für das Wochenende im Candlewood vor,ein paar Sachen zum wechseln,Schreibzeug,Diktiergerät.Ihre Gedanken schweifen ab,unbewusst streichelt sie ihren Bauch.Diese warme Verbundenheit mit dem Leben das in ihr wächst ist eine intensive Erfahrung,als würde sie eine kleine Stimme im Ohr hören."Hallo Liebling !" öffnet sich die Tür durch die John fast lautlos hereinkommt."Hey mein Schatz,wie war dein Tag?" Sie sitzen noch einige Zeit bei einem Tee und unterhalten sich über die Ereignisse des Tages,dann gehen sie schlafen.Am Frühstückstisch ist die Stimmung etwas gedrückt,John macht sich Sorgen,doch seine Frau beruhigt ihn : " Sam ist doch bei mir,der Lehrgang ist wichtig.Ich vermisse dich doch auch jetzt schon" .

"Bitte sei vorsichtig und melde dich regelmässig,wenn du das Gefühl hast etwas stimmt nicht,brich das sofort ab !" John schaut sie ernst an und Emily schmiegt sich fest an ihn mit dem Versprechen gut aufzupassen.

Im Labor angekommen,wird sie bereits von Sam erwartet,welche sich heute wieder als Beobachterin angemeldet hat.Sie will Furge kennenlernen,sich ein Bild über ihn machen um einzuschätzen ob er eine Bedrohung darstellt.Der geräuschvolle Kollege lässt auch nicht lange auf sich warten.Ein kleiner Plausch,ein Lächeln und Furge plappert munter drauf los.Leider jedoch gibt er nichts ergiebiges von sich,sondern nur unbeholfene unvollständige Komplimente.Mit leicht errötetem Gesicht stiehlt er sich leise davon.

Es geht auf Mittag zu ,so nehmen sie ihre Unterlagen ,fahren zum Hotel um einzuchecken ,zu beobachten und mit den anderen Teilnehmern etwas auf Tuchfühlung zu gehen.Eine kleine freundliche Dame nimmt sie in Empfang ,begleitet sie auf ihr Zimmer.Das gesamte Hotel ist nur für diese Veranstaltung gebucht worden,so erhalten sie eine kurze Einführung ins Programm und den Ablauf."Ich wünsche ihnen einen angenehmen Aufenthalt,für einen Nachmittagsimbiss steht ihnen unser Cafe zur Verfügung" verabschiedet sich ihre Begleiterin.Das lassen sich die beiden nicht zweimal sagen.Eine ruhige Innenterrasse mit exotischen Pflanzen schmückt den Aussenbereich dieses Etablissements.Mit einem orientalisch duftenden Gewürztee,geniessen die Freundinnen die untergehende Sonne.Das abendliche Kennenlernessen beginnt um acht Uhr ,es stellen sich die Redner und Professoren vor,ebenso der Sponsor ein grosser Pharmakonzern.Hinter ihnen an der Tür des grossen Saales erscheint ein ungepflegt wirkender Mann in langem Mantel,er ist durch die gedimmte Beleuchtung nicht richtig zu erkennen,dennoch überkommt Emily ein mulmiges Gefühl.Ein Sicherheitsbeamter taucht auf ,er versucht den Herrn leise und ohne Aufsehen zum Gehen zu überreden.Der wehrt sich,reisst seinen Arm, an dem er festgehalten wird los,dann ist er aus dem Blickfeld der Frauen verschwunden.Auf ihrem Zimmer unterhalten sich Sam und Emily über den Vorfall,doch eine plausible Erklärung finden sie nicht,so gehen sie schlafen.

Der Duft von Kaffee und frisch gebackenen Brötchen begrüsst sie am morgen,das üppig gefüllte Buffett bietet allerlei Frühstücksvariationen.Gesättigt und entspannt begeben sie sich so zum ersten Vortrag.Ein kleiner ,alter,traurig dreinblickender Professor zeigt in einer Bildpräsentation die Anfänge und Fortschritte der Nanotechnologie.Emily saugt das alles auf wie ein Schwamm.Nach Beendigung dieser ersten Veranstaltung ,begeben sich die Teilnehmer auf ihre Zimmer um sich für das Mittagessen umzuziehen.Emily schickt Sam schon vor ,sie selbst möchte noch mehr Informationen vom Redner selbst.Sie lädt ihn auf einen Tee am Nachmittag ein,er sagt zu.Ungeduldig läutet ihr Handy,es ist John.Er hat zwar keine Neuigkeiten,doch will er mit Michael den Campus erkunden,am Wochenende ist es perfekt da niemand im Labor ist.Beim essen unterrichtet sie Sam,die an dem Ausflug in der zweiten Tageshälfte teilnimmt.Emily sitzt auf der wunderschönen Terasse des kleinen Cafes und wartet geduldig auf ihren Gesprächspartner.Dieser sieht in legerer Kleidung noch etwas kleiner und gedrungener aus.Sie rückt ihm einen Stuhl zurecht,während der Professor sich ebenfalls einen Tee bestellt."Danke Kindchen ! Was verschafft mir altem Mann die Ehre einen Tee mit so einer bezaubernden junge Frau zu trinken?"

"Ich habe Fragen zur Nanorobotik und ich denke ,sie als Spezialist auf dem Gebiet können mir weiterhelfen" entgegnet Emily mit weicher Stimme.

"Was genau beschäftigt sie Kindchen?"

"Wenn ich das so genau wüsste ! Ich bin keine Expertin,ich habe ein anderes Fachgebiet,doch ich überlege zu wechseln." schwindelt sie."Mich interessiert besonders folgendes : Bisher dachte ich immer Nanobots sind noch in der Entwicklung,das es einsatzfähige Naniten gibt,wusste ich nicht.Dann war ich der Annahme es würden nur Cyberelemente erforscht,aber keine beweglichen Bots aus gefalteter DNA."

"Woher wissen sie das alles Kindchen?" die runzlige Stirn des alten Herrn stülpt tiefe Sorgenfalten heraus.

"Das kann ich ihnen nicht sagen" flüstert sie.

"Lassen sie die Finger davon,sie sind ein hübsches,kluges junges Ding,sie haben ihr Leben noch vor sich,das sind gefährliche Dinge in die sie sich da einmischen"

"Bitte Professor" Emily nimmt seine Hand und schaut ihm direkt in die Augen "Sie sind der einzige der mir da helfen kann,ich brauche sie"

Der alte Mann wirkt noch gramgebeugter als vorher,er nimmt den Bon der Bestellung und schreibt eine Reihe Zahlen und Buchstaben darauf,drückt ihn Emily unauffällig in die Hand und verabschiedet sich.Den Zettel versteckt sie in ihrem Ausschnitt,als plötzlich der ungepflegte Herr vom Kennenlernessen setzt sich in schneller Bewegung mantelschwingend an ihren Tisch : " treffen sie mich heute abend hier,zehn Uhr,es ist wichtig!" So schnell wie er kam verschwand er auch wieder.Emily ist ganz perplex ,doch sie versucht Ruhe zu bewahren und nippt nachdenklich an ihrem Tee.

"Hey wie war dein Nachmittag?" tönt es fröhlich neben ihr.Sam ist zurück und sie gehen gemeinsam auf ihr Zimmer,wo Emily ihr die sonderbaren Ereignisse schildert."Zeig mal her" neugierig betrachtet ihre Freundin das Geschriebene."Das ist eine Adresse,Längen und Breitengrad,haben wir irgendwo eine Karte?" "Nein aber nimm doch das Handy,heut gibts für alles eine App!"

Gesagt,getan,Sam ruft die Koordinaten auf : "Das ist ja mitten im Nirgendwo,was ist das nur?" Emily zuckt die Schultern." Das können wir nicht allein machen,ruf die Jungs an !" Die Freundinnen informieren John und Michael,die wiederum teilen die Infos mit O´Malley und Ron Egan.Auch Amanda wird eingeweiht,sie organisiert die Fahrt und bucht eine kleine Pension in der Nähe des Hotels.Sie machen sich sofort auf den Weg,zum Glück ist es ja nicht so weit bis zum Candlewood.

So treffen sich alle ausserhalb des Hotelgebietes um neu zu planen."Das alles ist sehr merkwürdig,nichts passt hier zusammen" grummelt O´Malley ungehalten.Amanda stimmt ihm zu,als Sams Handy klingelt.Es ist Mc Grady : " Der Hund,der Hund !" stammelt er.O´Malley nimmt das Telefon :" Sergeant ! Reißen sie sich zusammen ! Was ist passiert?" Mc Grady ,immernoch geschockt,erzählt das Robby plötzlich und ohne Vorwarnung auf Ruben losging.Glücklicherweise hatte der schnell genug ein Betäubungsmittel zu greifen bekommen,so das er nur leicht verletzt ist.mc Grady schildert bildhaft mit welcher Intensität der Angriff erfolgte,völlig aus dem Nichts ohne ersichtlichen Grund.Sam weist ihren Freund an,einen Metallkäfig zu besorgen und das Tier dort unterzubringen,bis sie da ist.Amanda reicht ihr die Wagenschlüssel."Wir sehen uns später" Sam fährt augenblicklich los,unterwegs besorgt sie noch ein Beruhigungsmittel für den Hund.

Die anderen gehen in die Pension wo sie bei einem Kaffee und einer bestellten Riesenpizza das weitere Vorgehen besprechen.Amanda wird Emily begleiten um dem Treffen mit dem noch unbekannten Mann beizuwohnen.Natürlich aus sicherer Entfernung.John und Michael suchen die Adresse auf und schauen sich dort um.O´Malley und Ron bleiben in der Pension und überwachen alles,Amanda hat ihre Abhör und Kontaktausrüstung schon ausgepackt.Alle bekommen Ohrstöpsel damit sie sich verständigen können.

Sam ruft an ,sie wird die Nacht dort bleiben,die Blutprobe die sie Robby abgenommen hat untersuchen und Mc Grady und Ruben unterrichten wie sie ihn am besten ruhig halten.

Emily zieht sich um für die abendliche Veranstaltung im Hotel ,Anwesenheit wird erwartet und sie wollen ja nicht auffallen.Das Bankett ,ausgerichtet vom Sponsor, wird von viel Sicherheitspersonal begleitet,Emily fühlt sich sehr unwohl,versucht es aber gekonnt zu verbergen.Ihre Blicke schweifen über sämtliche Gäste,doch der Professor ist nicht hier.* Er geht bestimmt früh schlafen,das ist wohl zuviel Trubel für ihn* denkt sie sich.

"Darf ich bitten?" hört sie eine sanfte Stimme an ihrer Seite. Ungläubig blickt sie ihn an,der ungepflegte Unbekannte,nun gepflegt im Anzug mit einem Lächeln im Gesicht.Ohne die Antwort abzuwarten greift er Emilys Hand und geleitet sie auf die Tanzfläche."Sie sehen wunderschön aus in dem Kleid Miss" redet er galant weiter,während er sie im Takt hin und her wiegt."Hier ist es unauffälliger wenn wir uns unterhalten,ich hoffe ich bin nicht zu aufdringlich" Emily ist immernoch sprachlos.Nach einigen Sekunden hat sie sich gefangen und ebenfalls lächelnd antwortet sie ihm : " Kleider machen Leute,wer oder was sind sie?"

"Hier ist niemand das was er scheint,wo ist Amanda?" Ein Schreck durchfährt sie,doch im selben Augenblick wird sie sanft abgelöst mit den Worten : " Guten Abend Alex,lange nicht gesehen !" Amanda hat die Stimme sofort erkannt und sich sofort eingeschaltet.Charmant lotst sie den Herrn auf die Innenterasse,wo sie sich zu dritt ein ruhiges Plätzchen suchen." Das ist Alex,er ist Journalist,detektivischer Journalist,er mischt sich gern in Kriminalfälle ein,besonders in meine" schmunzelt Amanda.Die beiden sind schon so lange Freunde,das sie gar nicht mehr wissen wie lange das ist.Sie haben sich sehr oft gegenseitig geholfen,das ist selten heutzutage,wahre Freundschaft,vor allem zwischen Mann und Frau.

"Dachte ich doch,das du in der Nähe bist.Bei solchen Fällen bist du ja nie weit" zwinkert Alex.

"Also ...was weisst du?" Amanda bestellt für alle ein Glas Wein,doch Emily verneint ,ein Tee ist ihr lieber.Alex ist schon eine ganze Weile an der Sache dran,doch mehr als die Mädels weiß auch er nicht." Was hat der Professor ihnen erzählt?" wendet er sich an Emily."Nicht viel,er hat mich gewarnt das es gefährlich ist".

"Das ist es wohl,der Professor hat leider das zeitliche gesegnet" entgegnet Alex " es wurde ein Herzinfarkt diagnostiziert,ich weiß aber das es nicht wahr ist,die haben ihn umgebracht,ich kanns nur nicht beweisen"

"Wer ? Warum?" Emily ist entsetzt."Ich weiß er ist...war eine Coriphäe auf seinem Gebiet,aber das ist doch kein Grund"

"Du weisst es nicht oder? Ja er war DER führende Wissenschaftler in der Nanotechnologie.Es geht um die Entwicklung von autonomen, selbstreplikativen Nanobots auf molekularer Ebene,sprich aus DNA. Doch er wollte damit Gutes tun,Krebs heilen,Knochen und Gewebe herstellen um Menschen mit Knochenschwund zu helfen oder Brandopfern ihre Entstellung zu ersparen.Unter Einsatz von Nanobots könnte man Müll als Rohstoff nutzen.Stattdessen haben sie seine Patente für militärische Zwecke nutzen wollen,zum Beispiel für Rechnernetze und Überwachung durch „intelligenten Staub" und zur Spionage.Kein Scanner an Flughäfen oder in Behörden würde bei körpereigenem Gewebe je anschlagen,für Terroristen der Freibrief schlechthin,der Einsatz als Waffe wäre nicht auszuschließen.Und vor allem auch nutzbar zur Züchtung von Supersoldaten.Als er das herausfand hat er alles vernichtet,seine gesamte Arbeit,seine Unterlagen einfach alles,er wollte keine Vorteilnahme und keine Übermacht,er war ein einfacher Mensch mit moralischen Werten."

Ein Frösteln überzieht Emilys Rücken,es klang bedrohlich aber auch irgendwie fantastisch.Ihr Herz schlug bis zum Hals,ihre Gedanken schwirrten immer schneller,sie sackte im Stuhl zusammen.

"Liebling ! " wie aus weiter Ferne hörte sie ihren Namen."John" sie konnte nur flüstern, ihre Kehle war wie zugeschnürt " Ich bin da ,ich bin ja da" streichelt er beruhigend ihre Hand.Nach etwa zwanzig Minuten war Emily wieder klar bei Bewusstsein.Besorgt versucht John sie zur Heimfahrt zu überreden,doch sie verneint.Auch Alex hat sich in der Pension zu ihnen gesellt,sie tragen alles nocheinmal zusammen was sie wissen : " Wenn die das wirklich zu Ende führen,wenn sie einen Supermenschen züchten,sind die

Folgen unabsehbar,für die Wirtschaft,die Politik einfach für alles.Wie weit das nach oben reicht wissen wir nicht,das ist brandgefährlich." Da es sehr spät ist beschliessen sie am kommenden Tag weiter zu ermitteln,Amanda bringt Alex hinaus,Michael beäugt das argwöhnisch : "Traut ihr ihm?" Die anderen sind unschlüssig. "Eifersüchtigt?" fragt Amanda mit glänzenden Augen. "Nein !" antwortet Michael barsch. Emily gibt Amanda ihren Hotelschlüssel : "Ich bleibe heute nacht hier,du kannst dort schlafen,wenn es dir nichts ausmacht."

"Nein,das ist eine gute Idee"nickt sie zustimmend.Michael bietet an sie zu begleiten,so stiefeln beide davon.Unterwegs beschäftigt sie dennoch das Thema weiter : "Wir brauchen mehr Informationen,wir haben nur Teile und unbestätigte Aussagen,so kommen wir nicht weiter."

Am Zimmer angekommen stehen sie schweigend voreinander.Beide schauen auf den Boden.

"Gute Nacht ! Danke fürs Bringen" dreht sich Amanda um und öffnet die Tür.Sanft schiebt Michael sie ins Zimmer,die Tür fällt leise ins Schloss.Zärtlich nimmt er ihr Gesicht in die Hände und während Amanda die Augen schliesst berühren sich ihre Lippen weich zu einem innigen Kuss der nicht zu enden scheint.Als sie sich voneinander lösen blicken sie sich tief in die Augen.Langsam beginnen sie sich gegenseitig auszuziehen,immer wieder lange Küsse,die Hände auf der Haut.Nur fühlen,nicht reden.Michael fühlt ihren muskulösen Körper,weich und warm an dem seinen.Ihre Leidenschaft brach aus ihnen heraus,sie bewegten sich langsam,wippten im Einklang,ihre herrlich geschwungenen Hüften erhöhten die Intensität bis hin zum Punkt der völligen Vereinigung.Keuchend und schwitzend lagen sie sich in den Armen.Nachdem beide wieder etwas zu Luft gekommen sind steht Amanda auf und holt etwas zu trinken.Michael betrachtet sie im Mondschein der durch das Fenster fällt.Ihre Silhouette,elegant geschwungene Beine,die sich abzeichnenden Muskeln,die sanft gerundete Schulter,die kleinen Brüste die unter ihren Locken hervorblitzen.Er kann nicht an sich halten,zärtlich zieht er sie zu sich heran und seine Lippen gleiten über ihre feuchte Haut.Sie schmeckt nach Honig und Salz,gierig nimmt er diesen Geschmack auf.Jede Pore,jede Wölbung prägt sich ihm ein,eine bis dahin ungekannte Emotion brennt sich in sein Herz.Ihr Körper windet sich unter seinen Berührungen,sein Eintauchen,in ihre Lust bis hin zum lautstarken Höhepunkt.Nassgeschwitzt und glücklich liegen sie ineinander verschlungen bis zum Morgen.Das Frühstücksbufett lockt beide hinunter ins Restaurant.

John und Emily machen sich nach dem kleinen Morgenimbiss auf den Weg zum Hotel.Als sie dort ankommen und aus dem Wagen steigen,rempelt ein Mann John unsanft an.Gehetzt schaut er sich um,die pure Angst in seinen Augen erschreckt

Emily."Alex !" flüstert sie geschockt.Er drückt ihr ein kleines schwarzes Buch in die Hand : " pass darauf auf,versteck es,BITTE !!!" und schon ist er verschwunden.

Amanda und Michael bitten die beiden auf einen Tee an ihren Frühstückstisch,wo sie erzählen was gerade vor der Tür geschehen ist.das Büchlein ist randvoll mit handgeschriebenen Notizen.Vorn im Umschlag steht eine Zahlenfolge gepaart mit Buchstaben 12,1,26 us BSF LRL.

Sie beschliessen nach Hause zu fahren und den Alltag wie gewohnt aufzunehmen.Also packen sie und fahren heim.

Emily setzt sich und blättert gedankenversunken in dem schwarzen Buch und grübelt über den Code in der Innenseite.Im selben Moment findet sie sich bei einem Indianerstamm wieder,wo ein alter Navajo Häuptling am Lagerfeuer sitzt und spricht : "Die Navajo haben ein altes Sprichwort ,das besagt, dass etwas nur so lange lebt wie der letzte Mensch, der sich daran erinnert. Mein Volk hat es gelernt, den Erinnerungen mehr als der Geschichte zu trauen. Die Erinnerung ist wie Feuer strahlen und unumkehrbar. Während die Geschichte nur jenen dient, die sie zu beherrschen versucht, jenen, die die Flamme der Erinnerung austreten wollen, um das gefährliche Feuer der Wahrheit zu löschen. Hüte dich vor diesen Männern, denn sie sind selber gefährlich und unklug.
Ihre falsche Geschichte ist mit dem Blut derer geschrieben, die sich erinnern können und die auf der Suche nach der Wahrheit sind.*

Erschreckt fährt sie hoch,.John steht mit einer Tasse Hühnerbrühe vor ihr : " Ist alles in Ordnung Liebling?" Emily bejaht und erzählt was gerade abgelaufen ist."Du hattest wieder Kontakt zur anderen Seite" stellt er besorgt fest."Das Baby scheint deine Kräfte zu verstärken und das kostet viel Energie,deshalb bist du so kraftlos".Beide machen sich Gedanken wie es weitergeht,vor allem in der fortgeschrittenen Schwangerschaft.So sitzen sie ,halten sich im Arm und geniessen die Nachmittagssonne,die durch das Fenster scheint.

Die schellende Türklingel reißt sie unsanft aus dieser Idylle.Sam ist zurück und hat viel zu berichten.Robby musste eingeschläfert werden,die Narkotica konnten ihn nicht lange beruhigen.Sie hatte Blutproben untersucht und merkwürdig veränderte DNA gefunden.Eine Erklärung hat sie dafür nicht.Emily bringt Sam auf den neuesten Stand der Geschehnisse hier vor Ort und zeigt ihr das Buch.da klopft es leise.O´Malley und Ron Egan sind aufgeregt gestikulierend im Türrahmen aufgetaucht."Kommt erstmal rein" John reicht beiden einen Whisky."Ganz langsam,was ist passiert ?"

"Der Flugzeugabsturz neulich,der Learjet,wisst ihr noch? Die Menschen dort an Bord waren eine Gruppe von Wissenschaftlern.Ich habe hier ein Foto,das sind sie alle.Vor einem Berg mitten in der Wüste !"

Emily hat plötzlich einen Gedankenblitz."Die Zahlen und Buchstaben im Einband des schwarzen Buches sind eine Fahrtroute!"

Sie nehmen eine Karte und finden heraus das es am Ende dieser Strecke ein abgelegenes Haus gibt.Sofort machen sich O´Malley und Emily auf den Weg.Nach einer Stunde Fahrt sind sie endlich da.ein Grundstück mit üppigen Rosenbüschen der verscheidensten Farben und Blütenformen empfängt sie.Ein alter Mann mit freundlich dreinblickenden Augen mustert sie.

"Hallo,schön sie wieder zu sehen kleine Lady" O Malley schaut verwirrt drein: " Sie kennen sie? Ist ihr Name Vernon Klyde?"

"Ja,das ist mein Name,was wollen sie?" Ein Wortgefecht beginnt :

"Als Sie in dieses Land gekommen sind, haben Sie für die Regierung gearbeitet."

Ja,ich bin ein alter Mann und die Vergangenheit soll man ruhen lassen"

"Weil sie sie verdrängt haben oder weil sie entkommen konnten?"

"Freud,Craig, Watson. Das sind die Namen, die man am Ende des Jahrhunderts feiern wird. Große Wissenschaftler, aber Klyde? Ich werde als übler Schlächter in die Geschichtsbücher eingehen."

"Die Geschichte ist vielleicht die einzige Gerechtigkeit, die Sie je erfahren."

"Können Sie meine Arbeit? Wissen Sie, was wir unter den Umständen erreicht haben?"

"Als Nazi oder für das Blutgeld, das wir ihnen gezahlt haben?"
O´Malley ist genervt.

Klyde redet weiter : "Wir , waren in unserer Leidenschaft gefangene junge Männer. Aber unsere Experimente veränderten die Welt."

"Ja,auf Kosten vieler unschuldiger Menschen !"

"Der Fortschritt hat schon immer Opfer verlangt. Und ich? Ich habe mich meine Dämonen gestellt. Und ich werde auch bald sterben."

"Klyde ! Sehen sie sich das Foto an ! Sie haben sie alle umgebracht.Und sie wissen wieso !"

"Ich glaube, sie würden jeden umbringen lassen, wenn es nur im Interesse der Arbeit ist."

Emily hat ruhig zugehört ,doch nun will sie Antworten :

"Und was ist das für eine Arbeit?"

Klyde weicht aus : "Diese Dinge müssen sie nicht wissen,ich habe keine Antworten für sie."

"Aber wir brauchen die Wahrheit,wollen sie nicht das die Wahrheit endlich bekannt wird?"

"Sehen sie sich das Foto genau an,wir stehen vor..." ich werde ihnen nichts mehr sagen,sie müssen es selbst herausfinden.Eins noch : Kennen sie die Eulersche Zahl? Nun müssen sie gehen ,ich kann ihnen nicht helfen,passen sie gut auf sich auf!"

So fahren sie,mit noch mehr Fragen wieder zu den anderen.Gemeinsam beschliessen sie am nächsten Morgen diesen Ort auf dem Foto aufzusuchen,denn Sam und Ron haben herausgefunden,das es direkt in der angeschlossenen Wüste liegt.Da passt es ganz gut das Emily noch ein paar Tage frei hat.

Doch nun sind alle erschöpft und gehen schlafen.

Nach einer unruhigen Nacht,wacht Emily mit einem Bärenhunger auf.Leise bereitet sie in der Küche Pfannkuchen und Tee zu.John nimmt sie von hinten in den Arm : " Unser Nachwuchs fordert sein Frühstück"lächelt er.

Als wenn der Geruch sie magisch anzieht erscheinen alle anderen Mitglieder ihrer kleinen Familiengruppe und geniessen den ruhigen Morgen.Dann fahren sie los.

Nach einer halben Stunde Suche in der Wüste haben sie den versteckten Eingang zum Berg gefunden.Knarrend öffnet sich die schwere sandfarbene Tür.Es ist dunkel und lange Tunnel führen ins Innere.Mit Taschenlampen begeben sich alle auf Spurensuche.

John ruft : "Hierher ! Schaut mal " Er findet an der Wand einen Hebel ,als er ihn herunterdrückt geht die Beleuchtung an.Sie stehen in einem großen runden Raum mit vielen Türen,alle mit einem Zahlencode Schloss.

"Hier endet wohl unsere Nachforschung,keiner kennt den Code !" meint Sam mutlos.

"Doch ich " Emily sieht O´Malley an "die Eulersche Zahl ! Sie ist die Basis jeden natürlichen Logarithmuses,quasi ein Generalschlüssel ! Probier mal aus 271828"

Sie versuchen es an diversen Türen,keine öffnet sich. Nun geht Emily an eine der Türen,gibt den Code ein und Tatsache ! das Schloss öffnet sich.Alle schauen sich an.

Hinter dieser Stahltür erstreckt sich ein sehr langer Tunnel,ein Golfwagen direkt neben ihnen.Sie nutzen ihn und fahren durch diesen schier endlosen Gang.Dann wird es plötzlich eng,links und rechts säumen Aktenschränke den Weg.Sie steigen aus um nachzusehen.Auch hier finden sie einen Hebel an der Wand der die Beleuchtung einschaltet.

Mit offenen Mündern schauen sie den Schlangen an Schränken hinterher soweit das Auge reicht.John beginnt die Schubladen zu öffnen.

"Das sind Akten.Sie sind Alphabetisch nach Jahren geordnet,das müssen Millionen sein."

"Was steht drin ?" will Ron wissen.

"Medizinische Standards, Formulare, Geburtsurkunden,Lebensbescheinigungen.Und das hier."

John zeigt ihnen eine kleine Plastekassette.

"Das ist eine Gewebesammelkassette." erläutert Sam.

"Mein Gott was ist hier los? Was ist das alles?"

Amanda und Michael sehen in ihren Geburtsjahren nach.Auch von ihnen finden sich Akten und Gewebeproben.Emily sucht nach ihrer Akte und wird fündig.Sie ist entsetzt.Die Männer machen mit ihren Handys soviele Fotos wie möglich sind,die Frauen sammeln ihre Gewebeproben ein um sie zu untersuchen.

Es wird Zeit für den Heimweg.Beklemmende Stimmung macht sich breit,der Schock sitzt tief.Nun ist erstmal ein Kaffee nötig.

"Ich muss nochmal zu Vernon Klyde,JETZT !" Emily will Antworten.

"Okay,wir kommen mit !" also fahren alle gemeinsam.Dort angekommen,löst sich gerade eine Menschenansammlung auf.Als alle weg sind steigen sie aus.

"Hallo,ich habe sie erwartet " tönt es hinter ihnen.

"Wo ist Mr.Klyde?" will O´Malley wissen.

"Wir haben den Armen gefunden,offenbar hat sein Herz versagt "sagt dieser Mann,der in einen langen dunklen Mantel gehüllt,den Hut tief ins Gesicht gezogen hat.Er wirkt ein bisschen wie ein Spion.

"Sie haben ihn umbringen lassen,nicht wahr?" bohrt Emily weiter.

"Meine Liebe,Neugier kann so ungesund sein.Denken sie doch an ihren Zustand!"entgegnet der Unbekannte.

"Zustand? Bist du krank ?" Alle Augen sind auf Emily gerichtet.

"Später,nicht jetzt! ich brauche erstmal Fakten!" beschwichtigt sie die kleine Gruppe.

An den Herrn im Mantel gewandt spricht sie weiter :

"sie waren an der Sache beteiligt, für die die medizinischen Daten gesammelt worden waren,ist doch so ?"

"Ja das ist wahr.Kurz nach Ende des Zweiten Weltkrieges,überschnitten sich die Ereignisse mit einem überaus schändlichen Projekt, das uns Nazis, Wissenschaftler und Kriegsverbrecher ins Land holen ließ um sie als Werkzeuge zu benutzen."

"Operation Nightmare" erwidert O´Malley.

"Richtig,also Sie wissen bereits davon. Und bestimmt kennen Sie auch die Arbeit von Dr. Josef Mengele. Dem Todesengel der Nazis. Mengele wollte mithilfe der Genmanipulation eine Herrenrasse kreieren. Genau das versuchten viele seiner Kollegen,am Institut für Rassenhygiene und Vererbungslehre auch."

"Und das wurde bis heute weitergeführt?"Amanda traut ihren Ohren nicht.

"Ja,es wurde festgestellt das es Menschen gibt mit Fähigkeiten,aber auch das wissen sie ja bereits.Also wurden Mediziner und Forscher beauftragt, genetische Daten über die Bevölkerung zu sammeln.Getarnt wurde das als grosse Impfaktion."

Amanda will mehr wissen : " Aber wozu,was wollen sie mit den Proben ?"

"Meine Liebe,denken sie nach ! Wir filterten die Menschen mit Fähigkeiten heraus,nahmen DNA und versuchten mithilfe der Nanorobotik Menschen zu verbessern,sie zu optimieren.Gewebeproben von vielen Millionen Amerikanern, sodass wir einen Zugang zu einer DNS Datenbank von fast jedem hatte, der seit 1950 geboren wurde.Klonversuche,Frauen mit Fähigkeiten wurden geschwängert mit befruchteten Eizellen,deren Erbgut verändert wurde.Doch diese Babys wurden nie geboren,sie überlebten die 12.Schwangerschaftswoche nicht.Niemand hat herausgefunden warum.Uns ist niemand bekannt,dessen Eltern beide Fähigkeiten besessen haben,denn aus Gründen die wir nicht kennen,sind diese Föten nicht lebensfähig."

Er dreht sich zu Emily :" Es tut mir leid."

Alle starren mit grossen Augen auf ihren Bauch und wie aus einem Munde schallt es :" Du bist schwanger?"

Tränen rinnen über Emilys Gesicht :" Ja".

John nimmt sie tröstend in den Arm : "Du weißt nicht ob es stimmt,du bist ganz natürlich schwanger geworden,wir finden einen Weg."

Wähhrenddessen verschwand der unbekannte Mann.

Auf dem Weg zum Auto ruft Amanda die beiden zurück."Hier schaut mal,das hat er liegenlassen "

Eine Akte,viele geschwärzte Informationen.Ein Zettel obenauf mit den Worten : *Das ist alles was ich habe.Ich gebe ihnen einen gutgemeinten Rat,lassen sie die Finger davon,sie haben keine Ahnung wie tief das Ganze geht.*

Ein Name : Glaucher.

"Lasst uns zuhause bei einem Tee alles besprechen,Emily braucht Ruhe" bittet John.So geht dieser Tag aufregend und nachdenklich zu Ende.

Der folgende Morgen ist von Hektik geprägt,Michael und Emily müssen wieder ins Labor,ihre freien Tage sind vorbei.Ein Schluck warme Milch mit einem Hauch Zimt und ein weiches Brötchen beruhigen die Nerven etwas."Bitte pass auf dich auf mein Schatz.Johns besorgtes Gesicht veranlasst Emily ihm zu versprechen nichts Unüberlegtes zu tun.

Auf Arbeit angekommen,wird sie freundlich begrüßt und Professor Tiberius ist wie immer ganz angetan.Michael schaut vielsagend und deutet mit den Augen sich auf dem Gang zu treffen.Dort erzählt er seiner Kollegin was Amanda herausgefunden hat.Erstens ist Furge ein Undercover Kollege.er kommt aus der wissenschaftlichen Abteilung der Polizei.Dort läuft nämlich eine andere Untersuchung gegen den Campus,wegen der illegalen Nutzung von Embryonen.Diese kommen aus einer Kinderwunschklinik.Frauen mit Kinderwunsch werden dort Eizellen entnommen,dann künstlich befruchtet und wieder eingesetzt,allerdings nicht alle,damit für einen nächsten Versuch noch Embryonen verfügbar sind.Die überzähligen werden eingefroren.Dort können sie nur eine bestimmte Zeit gelagert werden ,danach ist die Entsorgung als medizinischer Abfall unumgänglich.Es wurde aber von einem Insider berichtet das diese eben an den Campus verkauft wurden,daher die Ermittlung und Furge.

Das zweite ist der Name auf der gefundenen Akte : Glaucher. Er war ein Spezialist auf dem Gebiet des Klonens.Verstorben nach einem Streit mit seinem Arbeitgeber,einem Labor in Washington.Es war ein Autounfall.

"Sehr merkwürdig alles" kommentiert Emily Michaels Ausführungen."Ich muss mich nochmal umschauen,kannst du mir den Rücken freihalten?" fragend schaut sie ihn an.Michael ist nicht begeistert : "meinst du das es das Richtige ist,in deinem Zustand?"

"Ich muss endlich herausfinden was genau hier läuft.Wenn das stimmt,was der Mann gestern gesagt hat,läuft mir und dem Baby die Zeit davon" Skeptisch willigt er ein.

So macht sie sich auf den Weg durch die langen Flure bis hin zu dem Durchgang ,den sie entdeckten ,als das Mädchen vor ihr zusammenbrach.Niemand ist zu sehen,alles ist ruhig.Leise geht Emily durch die Schleuse.Ein Ganzkörperanzug mit Maske liegt auf einem Stuhl.Sie schlüpft hinein,so kann sie nicht erkannt werden.

Der Raum hinter diesem Zugang wirkt riesig.Überall stehen Betten mit Menschen,die aussehen als würden sie schlafen.Alles Frauen.Medikamente werden durch piepsende Tropfs in die Körper geflösst.Schwestern nehmen Blutproben und punktieren bei einigen das Rückenmark.Fassungslos sieht Emily sich das an.Sie möchte schreien ,doch das würde sie verraten.Weiter hinten führt eine Tür in einen weiteren Bereich.Sie schnappt sich die Palette mit den Reagenzgläsern und verschwindet hinter dem Eingang.Der Anblick dessen was sie dort erwartet lässt ihr den Atem stocken.In grossen flüssigkeitsgefüllten Glastanks an einer Art Nabelschnur schweben Föten.Sie sind in verschiedenen Entwicklungsstadien.Emily ist geschockt,doch dringen gerade einige Wortfetzen zu ihr durch.Neugierig folgt sie den Stimmen.Der unbekannte Mann des Vortages steht mit dem Professor und einem bewaffneten Herrn zusammen und ein hitziges Wortgefecht hallt durch das Zimmer :

" Wir müssen uns etwas einfallen lassen,das zieht zu große Kreise,der Stabschef ist schon misstrauisch,er will einen Bericht !"

"Ich denke ihr CIA Typen seid so einfallsreich,also tut etwas !"

"Ja ,sie haben gut reden.Der Leiter des FBI war auch schon sehr nervös,er will aussteigen"

"Beseitigen sie ihn,wir können es uns nicht leisten aufzufliegen ! Sie sind der Direktor der Geheimdienste,sie haben die Mittel und die Wege das unauffällig zu erledigen ! Ich habe hier zu tun!"Professor Tiberius ist ungehalten.

Emily schleicht sich zurück in das Bettenzimmer.Hier schaut sie auf die Krankenblätter.Eine Schwester steht plötzlich hinter ihr : "Was schaust du so ungläubig,ich hab alles eingetragen wie es mir gesagt wurde."

Emily nickt zustimmend : " Ja alles ist korrekt,ich wunderte mich nur das die Dosis der Hormone heruntergesetzt wurde"

"Ja ,der Fötus ist soweit,er wird heute extrahiert." Der aufkommende Brechreiz veranlasst sie nun doch den Bereich zu verlassen.Sie vertauscht das Krankenblatt mit einem ,das aus darunter befestigt ist und knüllt das aktuelle hastig in ihren Ausschnitt.Eilig huscht sie in die Toilette.Eine wohlbekannte Stimme erkundigt sich nach ihrem Wohlbefinden.Michael reicht ihr ein Papiertuch : " du siehst schlimm aus,komm wir gehen in die Cafeteria"

Bei einem Tee und einigen Keksen mit Schokolade berichtet sie was sie gesehen hat."Meine Liebe ! Wo waren sie,ich habe sie gesucht !" Professor Tiberius hat sich eingefunden,nimmt einen Stuhl und gesellt sich ungefragt zu ihnen."Ich wollte sie nicht unterbrechen,erzählen sie ruhig weiter !"

"Ach nein,es ging nur um die Arbeit meines Mannes,William.Was wollten sie denn von mir ?" Emily versucht ein freundliches Gesicht zu machen."Ich hätte da genetisches Material das bearbeitet und untersucht werden müsste,ich hätte gern das sie das tun !"

Er reicht ihr ein kleines Gefäss mit einer Gewebeprobe."Und sie Michael,hätte ich gern mal gesprochen .Unter vier Augen ! Bis dann meine Liebe !"

Unsicher folgt Michael dem Professor.Im Labor ruft Emily Furge zu sich und bittet ihn die Probe wie gewünscht aufzubereiten.Gemeinsam mit ihm sequenzieren sie die DNS der Zellen,als Furge hörbar schnorchelnd zum Telefon geht :" Ich muss jemanden anrufen !"

"Ja jemanden von ihrer Abteilung oder vom FBI?" Erstaunt starrt Furge durch seine übergroßen Brillengläser."Woher wissen sie....?"

"Sie können jetzt aufhören den Nerd zu mimen,ich bin Emily,ich weiß wer du bist und was du hier tust." Furge lässt die Tarnung fallen,so ohne Brille und nicht gerümpfter Nase wirkt er sehr sympathisch.Spitzbübisch lächelnd teilt er ihr mit :"Nun Emily,ich bin Furge.Da du weißt was ich hier mache,weißt du auch,das du Teil dessen bist.Ich passe auf euch drei hier auf" deutet er auf ihren Bauch.

Michael steht verwirrt in der Tür :" Warum erzählst du ihm alles?" Die beiden klären ihn auf.Sie tauschen sämtliche Erkenntnisse aus.Emily holt das zerknüllte Krankenblatt aus ihrem Pulli und reicht es den Jungs.Furge erklärt das es sich um geklonte Föten handelt.Nun nehmen sie sich wieder der Probe an und führen die Untersuchung zu ende."Eindeutig Embryonalzellen,genetisch verändert" stellt Furge fest.Wir fahren jetzt alle zum Diner hinter der Stadt,ich rufe die anderen an.

Fast gleichzeitig kommen alle dort an,auch Professor Crumble ist dabei.Furge wird vorgestellt und eingeweiht."Eine ziemlich große Truppe" freut dieser sich."Wir werden schon dahinterkommen,was genau das für eine Verschwörung ist. Ich möchte dich gern untersuchen,ich brauche etwas Blut und Gewebe" wendet er sich an Emily."Dann kann ich euch bestimmt helfen."So sitzen sie noch lange,redend,sich vertrauend,kennenlernend und voller Hoffnung.

Dabei erfahren sie das Glaucher Furges Mentor war,von ihm hat er alles gelernt.Glaucher war früher auch Mitglied der Forschungsgruppe die Gewebeproben sammelte,doch ihn plagte sein Gewissen.Er wollte alles veröffentlichen über die Menschenversuche.

"Wir haben da eine Akte,vielleicht hilft sie dir" Amanda reicht sie hinüber und Furge blättert sie durch.

Aufgeregt rutscht er auf seinem Platz hin und her :"Oh Mann,woher habt ihr das ? Das ist ja....die ganzen Versuchsergebnisse....wenn das so stimmt...." stammelt Furge.

"In ganzen Sätzen bitte !" fordert Michael ihn auf.

"Es fehlen einige Seiten wenn ich das richtig sehe ,aber die Lücken kann ich vielleicht ausfüllen,ich muß am Wochenende ins Labor wenn niemand da ist !"entgegnet der ehemalige Nerd.

Die Sonne blinzelt durch das angelehnte Fenster,der Duft von warmen Croissants durchzieht die Luft und lockt Emily aus dem Bett.O´Malley sitzt hinter der aufgeschlagenen Zeitung und grummelt vor sich hin.Es fühlt sich an wie "Zuhause".

Sie macht sich fertig drückt den alten Herrn ,küsst ihren Mann und fährt zum Campus.Dort sitzt ihr schlauer Kollege schon über seiner Forschung.Furge rückt die kleine Schale mit der rosa Nährmasse zurecht und schaut durch sein Mikroskop.Er hat kleine Schnitte angelegt,hauchdünn.Der Anblick der Zellen lässt ihn völlig ruhig werden,die Zukunft der Menschheit,ihr genetischer Code lassen ihn ehrfürchtig werden : " ich kann deine Zukunft sehen,unsere Zukunft"

"Klingt wie Science fiction" entfährt es ihr. "Hör mal ,ich muss noch etwas erledigen,sagst du Michael Bescheid ? "

"Natürlich,pass aber auf,die CIA Typen sind wieder im Haus und der Prof schleicht hier auch herum."

Emily verspricht es und verschwindet im Flur.Heute hat sie eine kleine Kamera im Knopfloch,um zu dokumentieren was sie findet."Du gehst da nicht allein rein!" flüstert jemand hinter ihr."Erschreck mich doch nicht so" stupst sie Michael an :"Los hier zieh den Anzug an !" Sie reicht ihm die zweite Ganzkörperhülle.Nun können sie unbehelligt in den schon bekannten Bereichen auf Entdeckungstour gehen.Entsetzt stellt sie fest,das die Frau der das gestohlene Krankenblatt gehört,nicht mehr da ist.Eine Fahrstuhltür ,die Emily am Vortag nicht aufgefallen war ,öffnet sich.Ein Bett mit einer Patientin wird hineingeschoben,es ist die Vermisste.Sie wird an die Monitore angeschlossen,bekommt einen neuen Tropf ,dann verschwinden die Pfleger.Der Bericht hängt an ihrem Bett.Sie zögern nicht lange und blättern ihn durch,die Diagnose : Fehlgeburt,Ausschabung. Emily wird es schummerig und sie wankt.Michael stützt sie :"alles in Ordnung?"

"Danke,ja geht schon wieder" Sie kann es nicht fassen,greift nach Michaels Ärmel und zieht ihn sanft in den nächsten Bereich.Die Glastanks sind alle belegt,die Föten bewegen sich hin und wieder strampelnd,träumend.Ihr Kollege traut seinen Augen nicht,nun ist er derjenige der nach Halt sucht.Als er sich auf dem Tisch abstützt fällt ein Stapel Papiere herunter.Als sie sie aufsammeln,finden sie Seiten mit Codes ,Zahlen,Nummern,Buchstaben.Sie nehmen einige davon mit und verschwinden lautlos.Im Labor reichen sie das gefundene an Furge weiter: "Ich muss das wegbringen,hier ist es nicht sicher".Ängstlich steigt der in seinen Wagen und fährt davon,Michael ruft Amanda an.Sie treffen sich in der Cafeteria und geben ihr die Kamera.

"Miss Riley !" tönt es hinter ihnen. "Oh Herr Direktor,was tun sie denn hier?"schaut sie ihn verdattert an. "Das müsste ich sie fragen,also was tun sie hier?"

"Ich habe meine Freundin besucht,es ist meine Mittagspause" stellt sie Emily vor.

"Angenehm Miss....Agent Riley,ich hoffe sie vertrödeln nicht zuviel Zeit hier,im Büro stapeln sich die Akten !" Der Leiter des FBI verlässt griesgrämig den Campus.

"PUH ! das war knapp"Amanda atmet tief durch.

"Mein Gott was hat den denn gestochen?" Amanda erklärt das er immer so ist.Früher waren sie befreundet,doch mit der Zeit und ihren Ermittlungserfolgen wurde das Verhältnis zunehmend kühler.

"Er steckt in dieser Sache mit drin" erzählt Emily "Ich habe gestern Gesprächsfetzen zwischen dem Prof und dem CIA Typen mitbekommen,da wurde gesagt,dein Chef wolle aussteigen und sie wollen ihn beseitigen"

"Ich muss mit ihm reden,ihn warnen" eilig verlässt ihre Freundin ebenfalls die Cafeteria.Michael hat sich das alles mit an geschaut und blickt sorgenvoll hinter Amanda her.

Emily macht sich auf den Weg zu Tiberius und trifft in seinem Büro auf ihn :" William ! Ich wollte sie zu einem Kaffee einladen" lächelt sie und reicht ihm das Stück Kuchen aus dem Cafe."Oh meine Liebe,es ist mir ein Vergnügen" flirtet er sie an. Es ist keine Kunst den Professor um den Finger zu wickeln und ihn etwas auszufragen.Doch so wirklich Neues hat er nicht zu erzählen,er schweift immer wieder ab auf seine heiße Flirterei.

Nach diesen ereignisreichen Tagen geniesst sie mit John die Zweisamkeit.Sie liegen gemeinsam auf dem Sofa vor der offenen Terassentür in der Nachmittagssonne.Auch er war nicht untätig und hat seine Kontakte angefragt.Die Gerüchteküche brodelt,von Genexperimenten ist die Rede und einer Regierungsverschwörung.Vom Klonen und dem ultimativen Anti Aging Rezept.Natürlich wäre das ein NON PLUS ULTRA wenn dem so wäre,jeder würde es haben wollen,keine altersbedingten Krankheiten,ein Jungbrunnen."Schon möglich,doch ich glaube nicht das es nur darum geht" meint er nachdenklich.

"AU !" Emily fasst sich auf den Bauch.

"Schatz,ist alles gut?"

"Ja ...er hat getreten"

"Ist es nicht ein bisschen früh es zu spüren?" schaut John verwundert.

"Ich weiß es nicht,aber es ist so.Als wollte er dir recht geben "

"ER?"

"Ja,ich denke schon" erwidert Emily.Sie kann es nicht erklären.

Das Wochenende rückt näher und Furge bereitet im Labor alles vor für Emilys tests und Untersuchung.Er hat von der Gynäkologischen Station ein Ultraschallgerät besorgt,das er in einem Nebenraum versteckt.

Beim Frühstück überkommt Emily eine Schlemmerattacke."Du isst ja für drei" schmunzelt John.

"Ja sie hat eben Hunger und braucht es zum wachsen" .

"SIE?" er schaut verdutzt.

Auch Emily kann das nicht verstehen: "Ähm ja ...SIE! "

Der kommende Tag wird für alle anstrengend,dazu kommt das ihnen die Zeit davon läuft.In einigen Wochen ist Emilys kleines Geheimnis nämlich für alle sichtbar.Da helfen dann auch keine weiten Laborkittel mehr.

Auf dem Campus trifft sie auf Furge und Michael.Die beiden stehen entspannt vor dem Eingang und unterhalten sich.Emily gesellt sich zu ihnen,nach einigen Minuten gehen sie nach oben.Dort wartet der Professor bereits."Hallo meine Liebe ! nach ihnen habe ich gesucht!" Er legt den Arm um ihre Taille,Emily windet sich schnell da raus und hängt ihre Jacke auf.Professor Tiberius mustert sie aufmerksam und verkündet dann das vorgeschriebene Bluttests gemacht würden.Und zwar heute.

Es beunruhigt die drei Kollegen,sie gehen in Emilys Büro um sich zu besprechen.da klingelt das Telefon.Es ist John: "ihr müsst sofort kommen ! Ich hab da was !"

Michael verneint besorgt :"wenn wir zum Bluttest nicht da sind,fällt das auf !"

Emily vertröstet John auf das Mittagessen und macht sich an die Vorbereitung für ihre Blutentnahme,schliesslich soll ja keiner wissen,das Nachwuchs heran wächst.Michael muss helfen,sie schiebt ein kleines Röhrchen in ihre Vene und befüllt es mit einer Blutprobe aus ihrem Kühlschrank.So präpariert geht es auch schon los.

Alles verläuft problemlos.Emily ordnet im Beisein des Professors Michael und Furge an,aus einem Labor in der Nähe,Proben abzuholen und entschuldigt sich für den Rest des Tages.

Sie treffen sich mit John,der kreidebleich im Diner wartet."Oh mein Gott,was ist passiert ?" entfährt es seiner Frau.

Furge bestellt ihm einen Whiskey:"Trink den !" John kommt langsam zu sich:"Ihr müsst Sam anrufen und Amanda!" Michael hat das bereits erledigt und nach einer halben Stunde sind die Mädels da.John ist auch wieder in der Lage sich zu artikulieren und erzählt was geschehen ist:

"Ich kam heute morgen in die Redaktion,bekam einen Anruf von jemandem der seinen Namen nicht nennen wollte.er sagte er hätte meine Nummer von Ed."Amanda fragt nach: "Wer ist ED?"

"Er war ein Schulkamerad und Freund,wir haben journalistisch zusammen gearbeitet.Ed war immer ein Außenseiter.Jemand der viel nachfragte,wahrheitsliebend,freiheitsliebend,unabhängig.Jemand der gern dachte.Er hat früh gelernt wie das Leben funktioniert,er handelte mit Informationen und Gefallen,er hatte immer etwas zu sagen und immer etwas einzutauschen.*Wissen ist die Nahrung der Seele* war sein Lebensmotto.

Sam,weißt du noch unser treffen im Museum,der Flugzeugabsturz,die beiden Verschwundenen? Ed war der Copilot,sie haben ihn gefunden,er ist tot."

Emily streicht ihrem Mann sanft übers Gesicht : "Es tut mir leid" John nimmt ihre Hand und küsst sie." er hat mir etwas zukommen lassen,der Anrufer hat mir gesagt wo ich es finde und ich habe es abgeholt"

John öffnet einen Umschlag,Fotos und Berichte. Er reicht sie an Amanda und die anderen weiter.Micheal und Emily starren mit blutleeren Gesichtern auf die Aufnahmen: "Das ist genau das was wir gefunden haben,Föten in Glastanks.Ungeborenes Leben an Schläuchen.Das Essen der Freunde versucht sich den Weg nach oben zu bahnen,nur mit Mühe können sie es bei sich behalten.

In den Berichten ist beschrieben wie die Föten hergestellt wurden,aus Eizellen von Frauen mit Fähigkeiten und dem Samen von Männern mit Fähigkeiten.Die ersten durch künstliche Befruchtung,doch die starben in den ersten 12 Wochen ,die zweite Versuchsreihe entstand durch klonen,diese Föten überlebten,wurde Frauen eingepflanzt die sie dann austrugen.Diese Frauen wurden mit weiblichen Hormonen behandelt und ins Koma versetzt,während der Schwangerschaft.

Emily legt ihre Hand schützend auf ihren Bauch.Ihre Angst um das ungeborene Leben das sie in sich trägt steht ihr ins Gesicht geschrieben.Sie versucht sich nichts anmerken zu lassen.

Amanda durchbricht das betretene Schweigen der Runde :" Gegen mich wurde eine Ermittlung der Inneren eingeleitet,ich sitze also vorerst am Schreibtisch fest."

"Wieso das?" Michael wird hellhörig :"weil er dich neulich auf dem Campus mit uns erwischt hat ! Das kann kein Zufall sein !"

"Wäre möglich,mein Chef benimmt sich sowieso komisch und das seit Wochen." Amanda ist erschöpft und auch irgendwie ratlos."Wir sind da an was richtig Großem dran und können nichts beweisen! Es ist zum Haare raufen,diesen Schweinen muß man doch irgendwie das Handwerk legen können !"

"Laßt uns nach Hause fahren,ruht euch aus,das war ein sorgenreicher Tag" meint John müde.Gesagt,getan. sam fährt zu ihrem Dad und die anderen ins traute Heim.Michael bleibt heute bei Amanda um ihr bei zu stehen.

Zuhause angekommen bereitet Emily ihnen Tee und Gebäck,sie setzen sich aufs Sofa und John liest den Brief den Ed an ihn persönlich schrieb,den wollte er nicht vor allen anderen im Diner vorlesen.Darin steht :

*Lieber John,

wenn dich diese Zeilen erreichen,habe ich es nicht geschafft.Du warst mein Freund und wirst es immer sein,es gibt niemand anderem dem ich so vertraue.Das habe ich herausgefunden,einiges wird dir nicht neu sein :

Es gibt eine Schattenregierung,ein weltweit agierendes System das hintergründig die Fäden zieht.Ein system das an kriegen verdient,Menschen absichtlich krankmacht um dann daran zu verdienen.Sie hetzen ganze Völker aufeinander um die Populationsrate zu dezimieren.Religionen sind alle frei erfunden und wurden unter die Völker gebracht um sie zu kontrollieren,um sie abhängig zu machen.Damit sie sich gegenseitig kontrollieren und sich mißtrauen,um sie gegebenenfalls gegeneinander aufzuhetzen.So hält man die Population unter Kontrolle und das ist nur der Anfang.Ich weiß das klingt paranoid,ist es aber nicht.Ich habe dir Fotos und Berichte beigelegt.Das ist das Project Super Soldier.Sie versuchen einen Supermenschen zu züchten.Einen der sich selbst heilen kann,über Kräfte verfügt wie Telepathie,Psychokinese und der immun ist gegen chemische und biologische Kampfstoffe.Die Schattenregierung führt seit den späten 1950er Jahren Forschungsprojekte dieser Art für die USA durch. Eines davon hat mit Nanorobotik zu tun.damit ist gemeint das sie biotechnologische Hilfsmittel in den Körper zu injizieren. Diese Nanoroboter sollen lediglich so groß wie einzelne Nervenfasern sein. es wird gehofft, auf diese Weise beschädigte Nervensysteme schneller heilen zu können. Nebenbei sollen die Hightech-Maschinen helfen, die Struktur und die Funktion von spezifischen neuronalen Schaltkreisen zu untersuchen und deren Rolle im menschlichen Körper zu analysieren .Diese Nanoroboter könnten die Organfunktionen kontinuierlich kontrollieren - und im Notfall gegenwirken.

Nun stell dir vor das sie mit organischen Nanorobotern experimentieren um vorhandene Gaben zu wecken oder zu verstärken.Sie verändern die DNA und züchten dann daraus Babys.

Sie haben in den frühen 50igern eine Riesen Impfaktion durchgeführt,hier wurden Gewebeproben gesammelt und die Menschen mit Fähigkeiten herausgefiltert.Diese wurden zu Nachuntersuchungen gebeten bei denen ihnen diese organischen Nanobots gespritzt wurden.Das ist in den Berichten und Akten alles belegt.Ich hoffe das du zu Ende führen kannst was ich angefangen habe.Pass auf dich auf mein Freund. Ed.*

Emily ruft trotz der späten Stunde nocheinmal alle zusammen.Sie liest ihnen den Brief vor und gemeinsam sitzen sie bis zum frühen Morgen über all den Dokumenten die Johns Freund ihm sandte.Noch ein paar Stunden Schlaf ,dann ruft das Frühstück und die Arbeit.

John geht heute mit Sam und Ron ,um sich um Eds Beerdigung zu kümmern und da weiter zu recherchieren wo er aufgehört hatte.

Furge,Michael und Emily fahren ins Labor.Dort angekommen herrscht aufgeregtes Treiben.Professor Tiberius steht in der Tür und verkündet die Ergebnisse des Bluttests.Als Emily an ihm vorbei will,greift er ihren Arm : "Komm nachher gleich in mein Büro meine Liebe"."Natürlich William,ich möchte nur noch die Proben kennzeichnen,die gestern geholt wurden." Nickend verschwand der Professor.Michael blieb das nicht verborgen und gibt ihr zu verstehen das sie vorsichtig sein soll.Mit einem flauen Gefühl marschiert Emily den endlosen Flur entlang.Im Büro ihres Chefs angekommen,reicht er ihr einen Tee :" Komm meine Liebe,setz dich zu mir,wir haben etwas zu besprechen."

Einige Minuten schlürfen sie schweigend ihren Tee.Er ist sogar sehr gut stellt Emily fest.Dann schaut sie fragend zum Professor,der mit einem irgendwie gequälten Gesichtsausdruck in seinem Sessel hockt."Ich mag sie wirklich sehr meine Liebe" beginnt er zu reden während er aufsteht und sich hinter Emily stellt.Sein schweres atmen in ihrem Nacken lässt sie erschaudern.Er greift ihre Schultern und beginnt sie zu massieren :" Warum haben sie mir nicht gesagt das sie schwanger sind?" fragt er.Seine Hände gleiten ihre Arme hinab und tasten über ihren Bauch.Das ist ihr sehr unangenehm und sie springt auf.Dabei verschüttet sie den restlichen Tee.Ihr Pulli und ihr Rock sind nass:"Ich werde mich umziehen gehen,entschuldige mich".Professor Tiberius reicht ihr ein Kleid :" Bitte,du kannst dich dort drüben umziehen"

" Danke,aber das kann ich nicht annehmen"

"Ich bestehe darauf,es war meine Schuld"

Emily kommt das schon merkwürdig vor,woher weiß er ihre Kleidergrösse ? Ihr wird schummerig.

"Ist alles in Ordnung meine Liebe?" hört sie wie aus weiter Ferne,dann wird es dunkel.

Furge kommt aus der Cafeteria :"wo ist Emily?" fragend schaut er zu Michael."Sie sollte zum Prof,ist noch nicht zurück.Ich mache mir langsam Sorgen"

"Naja vielleicht muss sie den Alten ein wenig bezirzen um an Informationen zu kommen,das dauert ein bisschen" gibt Furge zu bedenken.

"Vielleicht hast du recht,ich seh schon Gespenster"

30 Minuten später beschliesst Michael nach ihr zu sehen,er hat ein ungutes Gefühl.Im Büro des Professors ist niemand und seine Sekretärin hat den Nachmittag frei,die Kollegen wissen auch nicht wo er ist.Sofort ruft er Amanda an,sie macht sich sofort auf den Weg.

Auf dem Campus suchen sie gemeinsam mit Furge nach Emily,doch sie ist nirgends zu finden.Da entdecken sie den Professor.Michael fragt höflich nach seiner Kollegin,doch der Prof zuckt mit den Achseln :"Wir haben einen Tee getrunken ,dann ist sie gegangen.Vielleicht ist sie zuhause ,sie fühlte sich wohl nicht so gut.Das ist ja auch normal in ihrem Zustand."

Artig bedankt sich Michael und geht schnurstracks zu Amanda."Da stimmt was nicht"

"Was meinst du?"

"Ich habe den Chef gefragt,er sagte sie hätten Tee getrunken und sie wäre dann gegangen."

"Und was ist daran nicht richtig ?"

"Er sagte sie wäre vielleicht heim gefahren,weil es ihr nicht so ging und es sei normal in ihrem Zustand."

"Ich verstehe immer noch nicht Michael" antwortet Amanda.

"Du weißt doch das sie es niemandem sagen wollte,nichtmal uns.Du glaubst doch nicht das sie bei diesen Nachforschungen hier und den Ergebnissen,zum Prof rennt und dem das brühwarm erzählt,also woher weiß er das?"

"Mir schwant was furchtbares ! Ich bete das ich unrecht habe,ich muss in ihr Büro,Sofort ! "

Amanda kontrolliert den Schreibtisch,die Lampen,das Telefon...Nichts.Michael schaut sich suchend um.Dann holt er einen Stuhl.Amanda beobachtet sein Treiben."AH der Rauchmelder !"

"Genau ! Und es bestätigt deine Befürchtung !" Michael zieht eine Wanze aus dem Deckel. "Mist !"

"Wir müssen es John sagen und überlegen wo sie sein könnte" erwidert Amanda.

Ihr Freund schaut mit vielsagendem Blick in Richtung Tür :" Wo sie ist,wüsste ich vielleicht"

"Oh nein...du meinst ..." Michael nickt bedrückt.Beide schleichen sich in das Abteil,in dem Emily die Frauen und Föten fand.In den Ganzkörperanzügen passieren sie die Schleuse und sehen...NICHTS !

Leere grosse Räume,als wenn hier nie etwas gewesen wäre."Bist du sicher,das es hier war?"

"Ja !" Michael ist schockiert,"wie kann man in so kurzer Zeit ein so großes Abteil räumen,ohne das es jemand mitbekommt?"

Ein Knarren stört die Ruhe ,etwas hat sich in Bewegung gesetzt.Michael schaut um die Ecke und entdeckt die Tür des Fahrstuhls ,die Emily auch erst übersehen hatte."Ich habs gefunden !" Er greift Amandas Hand,drückt den Knopf und tatsächlich hält der Aufzug,also steigen sie ein.Es gibt innen nur einen Knopf ohne Beschriftung :"mal sehen wohin er uns bringt"

Sie fahren nicht lang vielleicht 10s.Aber es ging abwärts,so vermuten sie ein Kellergewölbe.

Die Tür öffnet sich und sie stehen in einem langen Flur,geschäftig laufen Leute in genau den gleichen Ganzkörperanzügen herum.Mundschutzmasken liegen auf dem Fensterbrett und die beiden verstecken damit ihr Gesicht.Nun sehen sie aus wie alle hier.Amanda greift sich noch ein paar herumliegende Röhrchen.Dann gehen sie in Richtung einer großen Schleuse.Aus einer geöffneten Zimmertür dringt stöhnen an ihre Ohren,sie blicken hinein.Eine schwangere Frau liegt an einem Tropf.Als Amanda fragt sie ob ihr etwas fehle,antwortet ihr die benommene Patientin wirr."Was machen sie hier ?" werden sie von hinten angesprochen. "Wir sollten Proben nehmen" zeigt Amanda die zuvor eingesteckten Probenröhrchen."In Ordnung,aber tragen sies ein !" verschwindet die Schwester aus der Tür,Amanda und Michael folgen ihr in gebührendem Abstand.

Weiter auf dem Korridor sind sie fast an der Schleuse,als sie in einer Nische eine weitere Tür entdecken. *Hoch infektiös,Zutritt nur für autorisiertes Personal* steht daran.Die beiden sind neugierig und schlüpfen unbeobachtet hinein.Ein helles Zimmer ,schön tapeziert,das Radio läuft.Im Bett liegt eine schlafende Frau.Als sie näher kommen,erkennen sie Emily.Sie versuchen sie zu wecken,doch nichts geschieht.Dann hören sie Schritte und verstecken sich im zimmereigenen Bad.Jemand betritt das Zimmer und schaut nach ob Emily noch schläft.

"Hier sind sie gut aufgehoben meine Liebe,ich werde mich gut um sie kümmern" erkennen beide die Stimme von Professor Tiberius.Leise öffnen sie die Badtür um zu sehen was er da tut.Die Bettdecke ist zurückgeschlagen und der Professor streicht über Emilys Körper.Er fühlt an ihren Bauch,lächelnd als würde das Baby mit ihm sprechen.Dann deckt er sie fast liebvoll zu und geht wieder.

"Das ist ja schon fast abartig !" Amanda muss schlucken."Wir müssen sie hier wegbringen !"

"Wie willst du das machen,wir können sie nicht einfach raus tragen oder im Bett raus rollen,das merken die sofort!"

"Wir können sie doch nicht hierlassen !" schimpft Amanda.

"Das müssen wir aber erstmal,sie werden ihr nichts tun,er will das Baby !"

Michael ermahnt seine Freundin sich zu beruhigen und dann verschwinden sie von dort.Sie fahren sofort zu John nach Hause.Die beiden finden ihn nervös herumlaufend vor :"Wo ist Emily? Sie geht nicht ans Telefon und ihr auch nicht,wo wart ihr?"

"Setz dich,trink einen Tee !" Michael drückt ihn unsanft in den Sessel.

John rinnen die Tränen übers Gesicht :" Ich wusste es,ich konnte es spüren.Da hat man nun solche Kräfte und kann so etwas nicht verhindern !"

"Beruhige dich,es geht ihr gut.Wir haben sie gefunden,können sie aber nicht einfach da rausholen." Amanda legt ihre Hand auf seine Schulter.

"Aber wir müssen doch was tun !" John ist verzweifelt.

"Sie werden ihr nichts tun,sie wollen das Baby.Lebend !" Michael erklärt ihm weiter das sie besonnen vorgehen müssen um dem Ganzen ein Ende zu setzen.

Doch ersteinmal rufen sie Sam,Ron,Furge und O´Malley an um gemeinsam einen Plan zu schmieden.

Also tragen sie zusammen was sie wissen und was nicht.vor allem wissen sie nicht wie weit nach oben diese ganze Sache reicht und wem sie trauen können ausser den Anwesenden.

Es war viel passiert vor allem auf politischer Ebene : Der Stabchef des weissen Hauses – eigentlich ein guter Mann – war zurückgetreten, angeblich aus gesundheitlichen Gründen, ein Richter des Obersten Gerichtshofs, ein engagierter Redakteur der Times und der Chef des NIS,hatten ebenfalls ihre Posten geräumt.

Gerüchte besagten das all das in Zusammenhang stehe mit einem großen pharmazeutischen Vertrag,einer Forschungseinrichtung und einer Gruppe bestehend aus den reichsten Menschen aller Kontinente,die ihre eigenen Institutionen betreiben wie private Nachrichtendienste oder auch private Universitäten mit angeschlossenen Krankenhäusern und deren Forschungslaboren.

Wie soll man dagegen vorgehen ? Eine Frage die Ed und viele andere bereits mit dem Leben bezahlten.

Doch wir lassen uns davon nicht aufhalten und die Antwort lag eigentlich direkt vor uns :

Mit Kontrollverlust. Er macht Menschen anfällig für Angst,für Mißtrauen.Wir können diese Leute nur mit ihren eigenen Waffen schlagen.*

Doch ersteinmal müssen sie mit Amandas Boss reden,er ist derjenige der weiß was vorgeht und wer mit drin steckt.Ron Eagan und O´Malley machen sich auf dem Weg zu ihm,die Adresse hat Ron noch gut im Kopf,früher war er öfter zum Essen bei den Kershaws eingeladen. Als seine Frau bei einem Verkehrsunfall ums Leben kam,konnte der FBI Chef eine Zeitlang keine Kontakte pflegen,er zog sich zurück,wurde grummelig und vergrub sich mehr und mehr in der Arbeit.

Als sie vor Kershaws Haus ankommen ,ist nichts zu sehen."Er ist wohl nicht da" Ron Eagan schaut sich um."Wir warten drinnen".

Lautlos öffnet Sams Dad die Tür und sie schlüpfen unbemerkt hinein.Es ist tatsächlch niemand zuhause und so nutzen sie die Zeit um ein wenig zu suchen.Vielleicht finden sie ja irgendwelche Unterlagen.Es dämmert bereits und ein Lichtkegel fällt durch das Fenster "Er kommt ! O´Malley,hierher !" Sie verstecken sich hier der Falttür die nur halb offen steht.Mit einer Papiertüte voll Einkauf stampft Kershaw in die Küche um sie dort abzustellen,es klappt die Ofentür und ein Schrank wird geschlossen.Auf dem Rückweg in den Korridor zieht er seinen Mantel aus,das ist die Chance ihn zu erwischen.Während er seinen Mantel an den Garderobenständer hängt,greift Ron von hinten zu und zwingt ihn sich auf den bereitgestellten rollbaren Stuhl zu setzen.Kershaw gibt keinen Ton von sich.Dann bringen sie ihn in die Bibliothek des Hauses,ein großer

Raum mitten im Haus.Ein massiver Schreibtisch und ein Lesesessel waren alles was den Raum ausser den, von Büchern strotzenden Regalen, zierte.Sams Dad und O´Malley setzten sich mit gezogener Waffe auf den Schreibtisch um mit dem Verhör zu beginnen."Ron ?" Kershaw sieht ihn fragend an "Was wird das hier?"

O´Malley hält ihm die Waffe direkt vors Gesicht :" Wir brauchen Antworten ! Wir stellen die Fragen! Kapiert?" Das konnte der grummelige irische Polizist schon immer gut,den Bösewicht mimen.

Ron versucht es auf die ruhige Art : " Wir brauchen alle Informationen die du zum Projekt *Lazarus* hast "

Kershaw schaut ihn kopfschüttelnd an :"Ich weiß nicht wovon du redest"

Sams Dad reagiert ungehalten :" wir beide haben lange genug zusammen gearbeitet,ich weiß wann du lügst,halt uns nicht hin !"

Doch der Chef des FBI lässt sich nicht beeindrucken.Allerdings ist Ron Eagan nicht sehr geduldig und nimmt O `Malley dieWaffe aus der Hand.

Er hob sie an,richtete sie auf seinen Bauch.

»Ich sage die Wahrheit«, meinte Kershaw und lächelte sogar ein wenig. Er erkannte die Ironie der Situation.

Es war beeindruckend, wie schnell er die Fassung wiedererlangt hatte. Er mochte schwammig aussehen, doch er hatte Persönlichkeit. In seinen Augen blitzte Intelligenz und man konnte ihn fast denken hören.

Sein Blick war hypnotisch. In aller Gemütsruhe fügte er hinzu: »Tja, ich habe einen Auflauf im Ofen, Gentlemen. Wollen Sie nicht mitessen ?«

»Auflauf ?« Die beiden dachten, sie hätten nicht richtig gehört. O´Malley hatte Mühe, an sich zu halten. Er wollte diesen Mann schlagen und nie mehr damit aufhören. So eine Wut hatte er lange nicht verspürt.

Manchmal sind es Kleinigkeiten, die einen auf die Palme bringen.

Diesmal war es seine Arroganz. O´Malleys Knie bewegte sich wie von selbst und rammte sich zwischen seine Beine. Kershaw stieß explosionsartig die Luft aus.

Er fiel rücklings zu Boden und rollte sich zu einer Kugel zusammen. Japsend presste er seine Hände zwischen die Beine.

Es war eigentlich nicht seine Art so an Informationen zu kommen,doch ihnen läuft die Zeit davon.

Kershaw sieht hoch,schmerzverzerrt,aber sein Blick hatte nichts an Intensität verloren. Man musste ihn für seine innere Stärke schon irgendwie bewundern. Er wirkte mehr zornig als ängstlich. Ein zäher Bursche.

»Wer sind Sie und was wird hier gespielt?«, fragte O´Malley.

Er zischte: »Sie haben ja keine Ahnung, auf was Sie sich da eingelassen haben.«

»Wie hoch reicht diese Verschwörung?«

Er rang nach Luft. "Retten Sie sich. Retten sie das Mädchen und die Babies !"

Ron stutzte :" Die Babies ? "

"Ja,sie bekommt Zwillinge,ein Junge und ein Mädchen "

Nochmal versucht es O´Malley : " Was ist dieses Lazarus ?"

Doch der keuchende FBI Chef schweigt.

Sie setzen ihn wieder auf und Ron übernimmt die Befragung.

Das Zimmer war zwar spartanisch eingerichtet,doch alles was er war befand sich hier :

An der Wand, Trophäen, auf die er stolz war. Universitätsdiplome. Ein Foto, das ihn mit dem ehemaligen Direktor der Nationalen Nachrichtendienste zeigte. Ein Schnappschuss irgendwo im Nahen Osten, eines im Tarnanzug mit einer Gruppe Elitesoldaten.

Auszeichnungen,ein ganzes Regal voll. Auf dem Schreibtisch,sein Laptop.

Ron schaltete ihn an.

Kershaw stöhnte vor Schmerz oder Wut. Er konnte sich nicht rühren, befahl aber mit heiserer Stimme: »Gehen Sie weg vom Computer. Sie begehen ein Verbrechen, wenn Sie ihn auch nur ansehen.«

»Wer begeht hier ein Verbrechen?«, fragte Ron.

»Schalten Sie aus!«, wütete Kershaw.

"Geschlossenes Internet, verschlüsselt und stark gesichert...geben sie mir Zugangsdaten!"

Kershaw schweigt.Ron ist sauer,er steht mit der Waffe vor dem ehemaligen Kollegen : "Gib mir die Zugangsdaten !" Doch der schüttelt verneinend den Kopf : »Mein ganzes Leben lang haben sich die Leute über mich lustig gemacht,haben mich gedemütigt und benutzt,aus mir kriegt ihr nichts heraus«, zischte er.

O´Malley klickt auf dem Laptop die zugänglichen Ordner an : "Sieh mal an,Geheimnisse von hochrangigen Politikern,samt einer Liste mit Namen und deren Defiziten,darunter Kershaws Chef der vor einer Weile durch Selbstmord das Zeitliche segnete"

Ron rammt Kershaw die Waffe in die Magengegend : "Haben Sie ihm gedroht, das hier zu veröffentlichen, wenn er nicht seinen Hut nimmt, Kershaw? Ihrem ehemaligen Chef? Das nenne ich Loyalität, Sie Haufen Dreck.«

Kershaw röchelt: »Ein Gewissen zu haben ist für einen Geheimdienstmitarbeiter ein Sicherheitsrisiko. Er hat dem Weißen Haus so einiges verschwiegen. Er hätte von sich aus zurücktreten sollen.«

»Dann gibt es also eine Verbindung ins Weiße Haus?« Ron wird ungeduldig :"Die Zugangsdaten !"

Er drehte die Waffe um und schmetterte ihm den Griff gegen sein Schienbein. Sein Schrei hallte durch das Haus. Aber sein Hass war stärker als der Schmerz. Er keuchte: »Alle Jubeljahre ... taucht etwas auf, das ... den Lauf der Geschichte verändert. Schießpulver. Die Atombombe. DNA Veränderung,Pharmaprodukte. «

»Ach so. Die Geschichte hat all die Menschen ermordet.«Ron lächelt gequält.

Kershaw rang immernoch nach Luft :"Sie haben nicht das Talent, mich zu brechen. Ihnen fehlt der Killerinstinkt. Sie wissen zu wenig, um zu erkennen, was hier läuft und wie weit das reicht. Es hilft Ihnen nichts, mich zu töten. Es ist zu spät.«

"Wer sagt das wir sie töten? Nein es gibt einen besseren Weg,ich nehme ihren Laptop mit und lasse ihn von einem Spezialisten knacken,ich werde alles an die Presse geben"

O´Malley stöpselt alles ab und mit dem Laptop und einigen Akten verschwinden beide in der Dunkelheit.

Auf der Heimfahrt herrscht Schweigen,irgendwie bedrückend.O´Malley durchbricht die Stille : " Was ist da zwischen euch beiden ? Ich habe dich selten so erlebt .Du bist doch sonst nicht so unbeherrscht und rabiat."

Ron schluckt schwer : " Er ist schuld am Tod meiner Frau. Ich will nicht darüber reden ! Er ist ...korrupt,ich hab ihn erwischt und er ist damit durchgekommen "

Der Superintendent lässt es gut sein.Zuhause hat John Kaffee vorbereitet,denn es wird eine lange Nacht.Michael,Amanda und Professor Crumble sind da um sie zu unterstützen.Doch nun tauschen sie ersteinmal die neuen Erkenntnisse aus.Amanda hat aus dem Büro die geschredderten Unterlagen ihres Chefs Kershaw mitgenommen,jedoch ausser einigen Sätzen ließ sich dort nichts mehr rekonstruieren :

* »Besser ein Übergang mit ein wenig Leiden als völliges Versagen und Zusammenbruch.«

»Übergang wozu?«

»In eine friedliche Welt, geleitet von denjenigen, die intelligent und befähigt dazu sind.« *

Aber aus denen wird niemand so recht schlau,doch sie sind sich einig das diese Sache zu groß für sie allein ist.

Am kommenden Morgen trifft sich Michael mit Furge und Sam auf dem Campus um nach Emily zu sehen.Sie tragen die Ganzkörperanzüge Mundschutz und Brillen,um nicht aufzufallen,dann fahren sie hinunter.In Emilys Zimmer ist niemand mehr,eine leichte Panik macht sich breit.Plötzlich kommt eine Schwester ins Zimmer,Furge nickt und geht hinaus,Sam tut als wäre sie beschäftigt mit dem Krankenblatt.Die Schwester scheint das als normal hin zu nehmen und schiebt einen Rollstuhl vor das Bett.Sam fasst mit an und sie legen die Patientin behutsam hinein.Sam deckt sie zu,es ist Emily.Sam bittet um den Befund zum Abheften ,die Schwester reicht ihr die beiden Schreiben und verschwindet.Es sind der Ultraschallbefund und die Blutwerte.Michael streicht Emily übers Gesicht,er wirkt besorgt.Sam hat unterdessen einen Kopierer gefunden und die Befunde für sich kopiert.Vorerst sieht alles normal aus.Nun machen sie aber das sie ins Labor kommen,dort werden sie überraschend von Professort Tiberius erwartet.Der wirkt völlig zugedröhnt und lallt herum.Sam macht sich auf den Nachhauseweg um die Befunde genau zu analysieren.Furge und Michael nehmen den Professor an den Armen und bringen ihn zum Auto :" Wohin nun ?" Michael ruft Amanda an,die gibt ihnen eine Adresse,eine kleine Wohnung am Rande der Stadt,abgelegen,niemand weit und breit der stören könnte.Zwanzig Minuten später treffen sie sich dort,der Professor lallt noch immer.

Sie bringen ihn hinein,Amanda fragt den Prof nach seinem Namen und seinem Alter."Er steht unter Drogen,ich tippe auf ein Wahrheitsserum,ich weiß nur nicht wer und warum"

Sie ruft Ron an,der macht sich sofort auf den Weg.Dort angekommen bestätigt er Amandas Verdacht."Machen wir uns das zunutze,mal schauen was er weiß"

Doch aus dem zugedröhnten Mann ist nichts heraus zu bekommen."Die Dosis war zu hoch,wir müssen mindestens noch eine Stunde warten"

Also holt Michael erstmal Kaffee.Dann legen sie los.

»Fragestunde, Professor« meint Ron.

Tiberius wirkt von Panik erfüllt. Verzweifelt. Er sitzt in der Falle.

Er fängt an zu singen.

Nein, eigentlich schreit er. Kreischte aus vollem Hals ein Lied.

Michael stößt hörbar Luft aus. »Was macht er denn ... › Was soll das?«

Auch Furge starrt fassungslos auf die unwirklich wirkende Szene vor ihnen.

Es war Wahnsinn. Verrückt. Er schrie die Worte einfach heraus – schrill, sich überschlagend, fieberhaft. Kaum verständlich. Ein Lied für frohe Stunden aus der Kehle eines Mannes, der an einen Stuhl gefesselt saß.

Er wirkt völlig übergeschnappt.

Aber dann traf sie eine Erkenntnis und begriffen plötzlich wie aus dem nichts, was er tat, und es war völlig logisch !

Er ist nicht verrückt! Er blockt uns absichtlich ab.

Jetzt ergab der Schreigesang einen Sinn.

Er versucht, seine eigenen Gedanken zu übertönen. Er weiß, dass ihn die Droge sonst verraten wird.

Ron zog einen Holzstuhl heran, so dass er dem Prof direkt gegenübersaß. Dessen Augen quollen ihm aus den Höhlen. Schweißtropfen rannen von seiner Stirn, und die Nasenflügel blähten sich wie die eines verschreckten Pferdes. Er drehte den Kopf weg und presste die Augenlider fest zusammen. Er hatte Angst, uns anzusehen. Er wusste, was dann geschehen würde.

»Nur ein paar Fragen«, meinte Ron freundlich.Es gibt da eine Technik,die sehr effizient wirkt bei Wahrheitsseren,man stellt Ja-nein-Fragen und reduziert so die Antwortmöglichkeiten, um den Verhörten besser lesen zu können.

»Wie weit nach oben reicht die Verschwörung um dieses Lazarus Projekt? Weiß der Präsident Bescheid?«

Er konnte nicht antworten, aber das musste er auch nicht. Michael spürte die Antwort,es war wie Telepathie "Weiter als ihr erfassen könnt,und nein der Präsident weiß gar nichts"

»Der Stabschef des Weißen Hauses?«, fragte er weiter. Er versuchte es mit dem Namen einiger politischen Strategen, Michael erspürte jedoch nichts weiter.

»Kennen Sie die richtigen Namen der Personen, die verwickelt sind?«

Ja.Einige.

Dann schlief er unvermittelt ein.Michael schaut Amanda an: "das ist unfassbar"

Sie bringen den Professor zum Campus und legen ihn auf seine Bürocouch."Wenn er aufwacht,weiß er ohnehin nicht mehr was passiert ist."

So treffen sie sich alle bei John.Sam hat bereits alle Ergebnisse analysiert,Emily und die Babies sind gesund,doch nun müssen sie sie irgendwie da raus holen.

Und wieder tönt Amandas Telefon : " Amanda? Hier ist Alex !"

"Mensch wir haben uns Sorgen gemacht,wo bist du,was ist eigentlich los?"

"Wir müssen uns treffen Amanda ! Bitte!" Sie schnappt sich die Autoschlüssel und braust ohne Erklärung davon.Die restlichen Freunde schauen sich fragend an,doch sie besprechen trotzdem alles weitere.Emily kann nur bei Nacht geholt werden,da sind die Sicherheitsmassnahmen am wenigsten.Sam,Ron und Michael werden das übernehmen.

Als Amanda an ihrem geheimen Treffpunkt ankommt,ist niemand zu sehen.Lautlos erkundet sie die Gegend als ihr jemand die Hand auf den Mund legt :" Ich bin´s,wir müssen leise sein !"

Alex hat sich in den Uferbüschen versteckt."Komm mit,du kannst uns bei John und Emily alles erzählen!"

"Vertraust du ihnen ?"

"Ja,jetzt komm!"

Sie gehen leise zum Wagen und fahren ohne Licht bis zur Haupstrasse.Sie ist völlig leer und so fahren sie unbehelligt heim.

Dort warten schon ihre Freunde und Kollegen mit ihrem Befreiungsplan.

"Hallo,einige von euch kennen Alex ja schon...er hat Informationen zu diesem Projekt das da läuft."

Alle hören gebannt zu als Alex zu erzählen beginnt :

"Die Chinesen sind aufgrund der wenigen gestzlichen Einschränkungen schon recht weit in der Genforschung.Sie haben Gene verändert,erst bei Pflanzen und Tieren,seit Jahren aber auch bei Menschen beziehungsweise den menschlichen Eizellen.Sie haben die Gene so verändert,das die Kinder die zur Welt kommen einfach friedlicher und sozialer sind,sie sind intelligenter,schneller und belastbarer als wir *Normalos*.

Als unsere Regierung davon Wind bekam,musste sie handeln,denn in einigen Jahrzehnten sind uns die Chinesischen Menschen mit ihren Fähigkeiten weit überlegen.so begannen sie das Projekt mit den Gewebesammlungen um diejenigen zu finden,die geeignet waren,dabei entdeckten sie jedoch auch Genmutationen sprich Menschen mit Fähigkeiten.Telepathie,Hellsichtigkeit sowas eben.einige Forscher kamen damit auf die Idee diese Fähigkeiten verstärken zu wollen,wussten jedoch nicht wie.Also holten sie ausgewählte Menschen zu Experimenten,die jedoch wie ihr ja wißt auch tödlich verliefen.Das läuft alles im Geheimen,die Schattenregierung finanziert das alles und kümmert sich um alles was getan werden muss."

John schaut ihn an :"Nunja das meiste davon wissen wir ja schon,das ist nicht neu.Aber warum haben sie Emily entführt ?"

"Ihr müsst Gentechnologie in einem größeren Rahmen sehen,das ist programmierbare Materie. Aus einigen chemischen Grundbausteinen bastelt man Einzeller, Hautzellen, oder deine Gehirnzellen, je nach Programmierung, abhängig vom jeweilgen genetischen Code. Wir sind programmierte Materie. Und jetzt beginnen wir, sie selbst zu programmieren.Daran wird schon weltweit geforscht,ohne nennenswerte Erfolge.Dann kamen die Chinesen mit ihrem Durchbruch.Mit Emily und John hat ihnen die Natur ein Musterbeispiel geliefert. Sie ist doch schwanger oder nicht? Bisher hat kein Embryo von Menschen mit Fähigkeiten überlebt,warum wissen sie nicht.Ihre Experimente mit der Natur schlugen fehl,dann programmierten sie die Eizellen um und setzten sie Frauen ohne Fähigkeiten ein. Die Frauen wurden in eine Art Koma versetzt um als Brutkasten zu fungieren,man gab ihnen Hormone um die Schwangerschaften aufrecht zu erhalten und eben diese genmanipulierten Babys auszutragen.Auch hier gab es natürlich Todesopfer.Und auch beteiligtes Personal,das diese Dinge miterlebte und es mit ihrem Gewissen nicht mehr vereinbaren konnten.Sie haben sie aus dem Weg geschafft.Emily ist bei ihnen,weil sie natürlich gezeugte Babys trägt,Babys die von ZWEI Menschen mit Fähigkeiten abstammen.Sie wollen sichergehen das diese Babys überleben.Ich denke sie erhoffen sich weiterentwickeltes Leben,mit mehreren Gaben und wollen herausfinden wie sie diese weitervererben können und sie gleichzeitig verstärken.Die Menschen mit Fähigkeiten wie du und Emily stammen von Paaren ab bei denen nur einer eine Gabe hatte oder jemand aus der Verwandschaft,einer der Grosseltern zum Beispiel,deshalb sind eure Babys so besonders".

Alle schauen sich beunruhigt an.John kann sich nur mit Mühe beherrschen: "Auch das ist nicht wirklich neu,doch es bestätigt Eds Recherchen,so ist er nicht umsonst gestorben .Aber meine Frau ! Wir müssen sie dort wegholen ! Sofort !"

John versucht sich zu beruhigen und sie verfeinern ihren Plan um ihn in der kommenden Nacht auszuführen.Doch ersteinmal müssen sie den folgenden Tag unauffällig überstehen.

Keiner von ihnen findet wirklich Ruhe,die Gedanken eines jeden kreisen um diese Erkenntnisse,erschreckend und auch faszinierend zugleich.Völlig zerknauscht treffen sie sich am Frühstückstisch.Schweigend schlürfen sie ihren Kaffee und machen sich an ihr Tagewerk.Michael auf dem Campus,John in der Redaktion und Amanda in der Zenrale.O´Malley räumt das Appartment auf,das mittlerweile zu einem viel zu kleinen Zuhause für sie alle geworden ist.Doch das stört niemanden.

Die Stunden ziehen sich heute elend lang hin,es fühlt sich an als würde die Zeit im Schneckentempo kriechen.Michael nutzt die Mittagspause um nach Emily zu sehen,nur kurz ,um sich zu versichern das es ihr gut geht.Er hat sie irgendwie in sein Herz geschlossen,diese kleine unscheinbar wirkende Frau mit dem unbändigen Willen etwas zu erreichen.Es gibt nicht viele Menschen,die er so nah an sich heran lassen würde,denen er sein Leben anvertrauen würde.

Emilys Krankenzimmertür steht offen,eine Ultraschalluntersuchung wird durchgeführt.Michael äugt leise hinein um nichts zu verpassen.Leise rauschende Geräusche dringen an sein Ohr.Er muss da rein.In seinem Ganzkörperanzug erkennt ihn niemand,dennoch nimmt er einen Mundschutz vom Rollwagen neben der Tür und auch ein Schild ,auf dem Krankenpfleger steht.So ausstaffiert betritt er selbstbewusst den Raum.Er nickt der Ärztiin zu und beginnt den Tisch zu säubern,um nicht aufzufallen.Niemand nimmt Notiz von ihm.Michael verfolgt die Untersuchung ganz genau.Emily wirkt als würde sie schlafen,sie ist immernoch ruhig gestellt vermutet er.Plötzlich klingen schwingende wiederkehrende Töne vom Ultraschallgerät.Fasziniert blickt Michael auf den Monitor,zwei winzige Lebewesen sind zu erkennen.Die Ärztin diktiert der Schwester :"Herztöne kräftig und gleichmässig.Ein Junge und ein Mädchen.Messungen alle im Normalbereich,keine Abweichungen.Medikation wird beibehalten,Blutentnahme 2 Röhrchen, Kindliche DNA extrahieren"

Michael kann sich von diesem Bild gar nicht trennen.Tief hat es sich in sein Herz gebohrt,zum ersten Mal wird ihm klar was er in seinem Leben nicht missen möchte : Amanda und eine Familie mit ihr.

Die Ärztin und die Schwester verlassen den Raum,Michael nutzt den Moment um das Bild auszudrucken,er weiß was es John bedeutet.Er wirft noch einen Blick in das Krankenblatt,doch dort steht nichts auffälliges. Schnell verlässt er das Kellergeschoß und geht zurück ins Labor.

John konnte vor Sorge nicht arbeiten und ist nach Haus gefahren.Hier steht er seit Stunden am Fenster,zitternd,sorgenvoll und ungeduldig.Er ist fast verrückt vor Angst um seine Familie.O´Malley und Ron Egan haben Mühe ihn zu bewegen sich an den Tisch zu setzen um einen Tee zu trinken:"Es geht ihr gut,und eurem Nachwuchs auch,trink den Tee,du musst ausgeruht und entspannt sein für heute Nacht."

Ron hat pflanzliche Beruhigungstropfen in den Tee gegeben „John wird müde.

"Leg dich aufs Ohr ,wir wecken dich wenn die anderen von Arbeit kommen"

Und schon schläft John auf dem Sofa ein.O´Malley deckt ihn väterlich zu : "Alles wird gut,ich sorge dafür das meiner kleinen nichts passiert,ohne sie reise ich nicht zurück,versprochen !"

Ron schaut ihn an :" so habe ich dich lange nicht mehr erlebt"

O´Malley winkt ab,er will nicht darüber reden,so war er immer schon.

Einige weitere Stunden vergehen ,nach und nach treffen alle wieder im Apartment ein.

Sanft wecken sie John.Etwas verwirrt und verschlafen blickt er in die Runde.Dann steht er auf und bereitet Kaffee zu.Nebenbei sucht er im Gefrierer nach dem Auflauf den Emily vorbereitet hat ,sie brauchen alle etwas im Magen damit die Nachtaktion gut läuft.Beim essen sprechen sie nochmal die Details ab.

Michael ruft als Sicherheitsbeauftragter der gentechnischen Forschungseinrichtung bei Tiberius an und teilt ihm mit das heute am späten Abend eine Überprüfung stattfindet.Aus Geheimhaltungsgründen könne er die genaue Personenzahl und Uhrzeit nicht sagen,es soll ja die Sicherheit geprüft werden.Tiberius müsse auch nicht dabei sein,diese Sicherheitsprüfung solle dazu dienen,festzustellen wie die Abläufe seien,auch wenn der Chef nicht im Hause wäre.Das passt diesem zwar nicht wirklich,doch er willigt klaglos ein.

Vorbereitung abgeschlossen.Schweigend einen Tee geniessend,sitzen alle in dem kleinen Apartment und Michael holt das Bild aus seiner Tasche.Er reicht es John.

Der starrt irgendwie fassungslos darauf. "Ein Junge und ein Mädchen" lächelt Michael zu ihm hinüber. "Ihre Herzchen schlagen kräftig und es ist alles in Ordnung,soweit ich verstanden habe.Aber sie ist immernoch ruhig gestellt.Sie extrahieren DNA aus ihrem Blut"

John wirkt verwirrt :" Was heißt das ?"

Michael kann nicht viel sagen : " Genaues weiß ich nicht,dazu war die Zeit zu kurz,aber sie haben ihr Blut entnommen.Schwangere haben immer auch DNA ihres Kindes im Blut,so kann man das Genom des Fötus entschlüsseln."

"Oder klonen?" fragt John entsetzt.

"Ja auch" entgegnet er.

Samantha schweigt und hat eine besorgte Mine : " Sam,ist alles in Ordnung?" Amanda ist Michaels Lächeln nicht entgangen als er über die Babys sprach. Sam ist abwesen :"SAM!"

"Oh...ja...entschuldige ...was gibts denn ?"

Amanda rückt näher an sie heran :" Du schaust so besorgt,teil deine Gedanken mit uns !"

"Ich habe nur darüber nachgedacht,was wird wenn wir Emily da raus haben. Ich habe nur das erste Krankenblatt gesehen,ich weiß nicht welche Medikamente sie ihr geben,ich weiß auch nicht womit sie sie ruhigstellen und wie lange das wirkt.Wir werden die Mittel aber brauchen.Wenn wir sie einfach absetzen kann ich die Folgen nicht abschätzen.Ich denke wir müssen sie langsam entwöhnen um kein Risiko einzugehen."

Johns Plan sieht so aus : "Also gehen wir beide als erste hinein,wir holen das Krankenblatt und dann besorgen wir die Medikamente.Wenn wir aus dem Zimmer sind kommen Ron,Michael und Amanda ,ihr holt Emily und bringt sie zum Wagen,O´Malley bleibt am Steuer und lässt den Motor laufen damit ihr gleich loskönnt.Ihr wartet nicht auf uns,fahrt los und bringt sie in Sicherheit,wir kommen nach."

"Klingt einfach,ich hoffe es funktioniert!" entgegnet Sam.

Ron ergreift das Wort : " Nicht soviel denken,konzentriert euch auf eure jeweilige Aufgabe,das klappt schon. Ausserdem sind wir doch mittlerweilen alle Profis beim improvisieren,mit keinem anderen würde ich auf diese Mission gehen wollen,wir schaffen das !"

O´Malley grinst : " Klingt wie eine Ansprache an neue Rekruten "

"So, austrinken,zur Toilette und dann umziehen ! Wie legen los!" Ron legt einen leichten Befehlston in seine Stimme,so fühlen sich alle sicher.

John und Sam in Businesskleidung,die anderen in Ganzkörperanzügen.Mit zwei Autos geht es zum Campus.

O`Malley fährt hinten herum,dort liegt ein Weinberg.Er bietet Schutz um unentdeckt zu bleiben.Ohne Licht rollt der Wagen leise hinter die hochhängenden Reben.Das Campusgelände ist durch einen Sicherheitsdienst bewacht,nachts jedoch gesellen sich noch einige Polizisten dazu.Michael hofft das Tiberius diese nach seinem Anruf noch instruiert hat.Alle halten Kontakt über einen Mini Ohrhörer,so wissen sie immer was gerade passiert.

Sam und John stellen ihren Wagen auf dem Parkplatz ausserhalb des Geländes ab.Sie atmen tief durch : " Fertig ? Dann lass die Show beginnen !" versucht Sam die Spannung etwas aufzulockern. Beide gehen zum Haupteingang.Am Pförtnerhäuschen übernimmt Sam die Führung,sie zeigt ihren Ausweis :

"Sicherheitschefin Genetic Engineering,mein Kollege Harmon,wir waren angemeldet !"

Der Wachhabende grieft zum Telefon und kündigt die beiden an : "Bitte geradeaus und dann rechts durch den Haupteingang,an der Anmeldung bekommen sie ihre Zugangskarte "

"Danke " John und Sam gehen selbstbewusst durch den schmalen Gang zwischen Wachhäuschen und Zaun. Als sie das Gebäude betreten kommt sofort eine nette Schwester und reicht ihr die Zugangskarte :" Damit kommen sie überall hinein,im Infektionsbereich müssen sie durch eine Schleuse,ihre Kleidung liegt dort bereit.Kann ich noch etwas für sie tun ?"

"Nein das ist alles,danke für die Einweisung !" Sam wirkt professionell.Das ist gewollt und eben gekonnt,sie bewegt sich hier ja in ihrem Metier.

In den Gängen ist es ruhig und fast menschenleer.Unbeobachtet können sie in ihre Ganzkörperanzüge schlüpfen,dazu ein Mundschutz und schon kann es losgehen in den Keller.Alles verläuft ruhig,irgendwie zu ruhig und zu glatt findet John." Nicht nachdenken,selbstbewusst auftreten" ermahnt ihn Sam.Vor Emilys Zimmertür entlädt sich Johns Angst in einem Tränenguss. Sam reicht ihm Zellstofftücher :"Geht es? Versuch ruhig zu bleiben,ich weiß es ist schwer,doch so hilfst du ihr nicht und uns auch nicht !" Es ist ihm peinlich, doch Sam kennt solche Situationen,deshalb gibt sie darüber keine Wertungen ab.Leise öffnen sie die Tür und da...es ist leer ! Sam gibt diese Info sofort an Michael weiter und fragt ob er weiß wo sie sie hingebracht haben könnten.Doch er weiß auch nichts. "Also müssen wir suchen ! Das macht natürlich nichts leichter..." Sam nimmt ihn an den Schultern : "John hör zu ! Einmal tief durchatmen,dann selbstbewusst aufrecht durch die Gänge und in die Zimmer,wir sind Sicherheitsbeamte und bei einer Überprüfung,ich kümmere mich um das Krankenblatt und die Medikamente,schaffst du das? Sag mir sofort Bescheid wenn du sie gefunden hast ! Wenn dich jemand anspricht, antworte mit kräftiger bestimmter Stimme,zeig die Karte wie ich vorhin am Tor,das ist wichtig !"

"In Ordnung ich schaffe das schon,war nur ein kleiner Ausrutscher vorhin "

Emily klopft ihm auf die Schulter und schickt ihn los,sie selbst sieht sich im Zimmer um,ausser einem aufgeklappten Laptop steht dort jedoch nichts mehr.Sam berührt das Touchpad und der Monitor leuchtet auf.Also war gerade noch jemand an dem Gerät.Es wird ein Zugang angefordert und an der Seite klemmt ein Kartenlesegerät.Sie zieht ihre Zugangskarte darüber,und tatsächlich der Laptop ist entsperrt.

Entweder sind die sehr unvorsichtig,es ist nichts wichtiges drauf oder es ist eine.....Falle!

"John ! Hörst du mich?" Doch er meldet sich nicht. "John,,John !"

Michael hat mitgehört das etwas nicht stimmt : "Sam ? Was ist da los ?"

"Es könnte sein das es eine Falle ist Michael,bleibt noch draussen,,John meldet sich nicht,ich brauche euch vielleicht um uns raus zu holen !"

"Okay, wir warten,wenn wir reinkommen und euch holen sollen sag Sicherheitsleck "

"Einverstanden"

Sam hat auf dem Laptop einige Dokumente gefunden,jedoch keine Namen nur Patienten mit Nummern,deshalb muss sie erst die Daten durchschauen,Alter,Grösse,Zwillinge...Sie wird schnell fündig und notiert sich die Medikation samt Dosierung.Alles normale Präparate Folsäure,Vitamine,Mineralien. Und natürlich das Schlafmittel.Nichts was eine Bedrohung darstellt für die Gesundheit.

"John !"

"Ja?"

"Wo bist du?"

"Ich hab sie !"

"Gut,aber wo bist du ? John !"

John erklärt ihr den Weg,es war Zufall das er das kleine Zimmer hinter einer Nische fand,eine Fledermaus hatte sich verirrt und flatterte vor ihm herum.Als er sie einfangen wollte flüchtete sie in den nichtbeleuchteten Bereich.

Sam macht sich auf den Weg,als sie von einer beleibten Dame in Schwesterntracht je gebremst wird :

" Wer sind sie und was tun sie hier ?" Ihre rauhe strenge Stimme wirkt nicht wie die einer Krankenschwester.Sam weist sich aus und erklärt ihre Vorgehensweise.

"Na gut aber machen sie keinen Lärm,die Patienten schlafen bereits !"

Dann wippt sie leise fluchend davon.

Sam sieht ihr nach und informiert Michael und Amanda über den Stand der Dinge.Dann ist sie bei John angekommen.Emily schläft und alles scheint in Ordnung.Ein Tropf gibt die Medikamente frei,Sam hängt den Beutel ab und legt das tragbare Dosimeter auf das Krankenbett.Nun geht es aufs Ganze.

John mag sich gar nicht trennen,die ganze Zeit streichelt er Emilys Hand,doch sie müssen los.Sam zieht ihn sanft mit sich :

"Komm ...es geht los,du hast sie nachher zuhause,alles wird gut,aber wir müssen jetzt die Ablenkung starten !"

Sie verlassen das Zimmer und gehen direkt in den Medikamentenraum.Hier sucht sie die Medikamente zusammen und nimmt einen Beutel Kochsalzlösung für den Tropf mit.

Als sie den Raum verlassen wollen,steht die bekannte Beleibte Schwester vor ihnen : " Was tun sie da drin,da gibts nichts zu kontrollieren,Medikamente laufen bestimmt nicht einfach hier heraus "

Sam richtet sich und John die Kleidung um zu signalisieren,sie hätten gerade ein kurzes Liebesspiel vollzogen.

Die Schwester kann sich ein breites Grinsen nicht verkneifen :" Wir sind ein Krankenhaus und kein Stundenhotel !" Dann wendet sie sich zu John :" Aber vielleicht können wir beide ja mal...." sie zwinkert ihm zu und John zwinkert zurück,leise flüstert er ihr ins Ohr : " das nächste mal...jetzt muß ich leider meine Arbeit zu Ende führen" Freudig erregt entfernt sich die Schwester und Sam schmunzelt John an :" Das war sehr gut !"

Der ist erleichtert,doch nun kommt der schwerste Teil der Aktion.Sam und John sind am Seiteneingang,wo ein Krankenwagen mit eingestecktem Schlüssel steht.

"Ich hab eine Idee" Sie unterrichtet Amanda über die Änderung des Plans und bespricht kurz den Ablauf,so können sie unbemerkt mit Emily verschwinden.

So leise wie möglich fährt sie den Krankenwagen vom Gelände,denn das fällt ja nicht auf.Michael und Amanda warten auf dem Parkplatz, Ron ist noch bei O´Malley auf der Hinterseite und wartet.

Michael legt sich auf die Bahre,Amanda zieht die Sanitäterjacke an ,Sam sitzt hinten bei Michael und mit Blaulicht treffen sie am Campus ein,so kommen sie als Notfall getarnt problemlos hinein.John wartet im Auto auf dem Parkplatz und beobachtet die Umgebung.

Amanda und Sam entladen den Krankenwagen,schmeissen das Laken über Michael und eilen mit ihm durch die Klinik.Eine kleine Gruppe Pfleger und ein Notarzt kommen gelaufen,doch Sam schickt sie wegen Infektionsgefahr in geschützte Bereiche.

Sie nehmen den Aufzug ins Kellergeschoß.Dort ist es immernoch ruhig und nur wenig Personal sitzt im Aufenthaltsraum zum Kaffee trinken,eine normale Nachtschicht eben.

Dann endlich sind sie in Emilys Zimmer,sie legen Emily auf die Bahre und stopfen Kissen unter die Decke ihres Bettes,damit es so aussieht als läge sie noch dort.Das verschafft ihnen Zeit im Notfall.

Michael zieht sich den Mundschutz an und geht vor.Niemand nimmt Notiz von ihm.Amanda und Sam legen das Laken über Emily und bringen sie mit Tropf und Dosimeter in den Gang.Ohne Hektik fahren sie mit der Bahre zum Aufzug,die Schwestern sitzen noch immer bei ihrer Kaffeerunde.Erleichtert atmen sie auf als sich die Tür des Fahrstuhls hinter ihnen schließt.

"Sam !" John klingt sehr aufgeregt : " Dieser Professor ist gerade gekommen,Emilys Chef,wo seid ihr ?"

"Im Fahrstuhl,gleich im Gang nach draussen"

"Sam,er kommt direkt auf euch zu,ihr müsst da weg !"

Amanda schaut beunruhigt.

"Planwechsel,wir müssen hinten raus" erklärt Sam.

Amanda übernimmt die Aktion :

"Michael ? wo bist du?"

"Seiteneingang ! Was ist passiert?"

"Erklär ich nachher,ich brauch dich hinten !"

"Okay,ich komm rum!"

Sam und Amanda verstehen sich ohne Worte,Hand in Hand agieren sie wie ein Team das schon lange zusammen arbeitet.Am Hintereingang steht Michael bereit und auch Ron kommt gelaufen,gemeinsam heben sie Emily von der Bahre und bringen sie schnellen Schrittes zum Wagen,Sam hält den Tropfbeutes und Amanda hat das Dosimeter und die Medikamente.Blätter peitschen in ihre Gesichter,die Rebenranken hinterlassen Kratzer und sie bleiben mit den Anzügen hängen.Doch das hält sie nicht auf,atemlos kommen sie am Auto an,steigen ein und fahren los.Michael sprintet um das Gelände herum zu John und fährt mit ihm zurück.

John hat im Schlafzimmer das Bett hergerichtet und sanft bettet er seine kleine Familie hinein.Sam hilft ihm und schliesst den Tropf wieder ans Dosimeter an.

"Komm,sie schläft bestimmt noch bis morgen früh,jetzt brauchst du erstmal einen Schnaps "

Alle sind noch sehr aufgekratzt und freuen sich über die gelungene Rettung.Amanda lobt Sam : "Für eine Gerichtsmedizinerin hast du super Agentenarbeit geleistet"

"Das liegt wohl im Blut" deutet Sam mit dem Kopf in Richtung ihres Vaters "Aber täglich möchte ich das nicht machen"

Mit einem kleinen Whisky prosten sie sich zu und langsam kehrt Ruhe in die Gemüter ein.Es ist mitten in der Nacht hier,doch in Irland früher Abend.Sam hat Sehnsucht und ruft Mc Grady an,die beiden sind froh sich zu hören und haben viel zu erzählen.

Amanda und Michael sitzen aneinander gekuschelt und geniessen das Beisammensein.

Als John schlafen gehen will,hält Sam ihn kurz zurück :

"Ihr könnt nicht hierbleiben,das weißt du oder?"

Traurig schaut er sie an und nickt.Beruhigend streicht sie über seinen Arm :" Wir lassen uns etwas einfallen,schlaf ein bisschen"

John kuschelt sich ganz dicht an Emily und schläft sofort ein,die Anspannung und die Angst der letzten Zeit waren einfach zuviel.

Sam setzt sich wieder zu den anderen.Ron sieht seiner Tochter an,das sie bedrückt ist :

" Was geht dir durch den Kopf?"

Michael ergreift das Wort : " Sie denkt darüber nach wo wir die kleine Familie hinbringen,denn hier bleiben können sie nicht,spätestens morgen früh werden die Schwestern es merken"

Amanda nickt : " Alarm machen können sie nicht,sie werden also jemanden schicken um sie zurück zu holen. Warum haben wir sie nicht gleich in einen Flieger gesetzt,dann wären sie in Sicherheit."

Michael drückt Amanda sanft an sich : "Sie agieren weltweit,bevor das nicht zu Ende ist,werden sie nie in Sicherheit sein,ausserdem ist das für Emily zu anstrengend,es ist ein weiter Flug und John will die Verantwortlichen kriegen,das kann ich ihm nicht verdenken."

Ron greift zum Telefon : "Bin gleich zurück"

Nach dem Telefonat weckt er John : "Es tut mir leid aber ihr müßt los...Hinter dem Diner in dem wir uns sonst treffen führt eine Strasse in ein Wäldchen,dort wartet ein Freund und dem fahrt ihr nach,pack ein paar Sachen,Sam fährt euch."

Die Stunde Schlaf hat gut getan,.John packt einige Sachen zusammen und bringt sie in den Wagen.Nun müssen sie Abschied nehmen,bis alles vorbei ist,dürfen sie keinen Kontakt mehr haben.Ron hat das Gerücht streuen lassen John und Emily seien ausser Landes gebracht worden.Sam wird Kontakt halten um informiert zu bleiben,ansonsten wird sie Emily medizinisch betreuen.Michael,Amanda,Ron,O´Malley,Furge und Professor Crumble werden die Ermittlungen zu Ende führen und versuchen das Ganze aufzudecken.

Es eine gedrückte Stimmung doch alle wissen,es ist nur zu ihrem besten.Der Abschied fällt schwer,sie bringen Emily ins Auto und fahren los.Ron räumt mit den anderen das Apartment auf,nichts darf mehr an John und Emily erinnern.Mit vereinten Kräften ist es schnell getan.Nun wohnt vorerst O´Malley hier,solange der Fall nicht abgeschlossen ist.

Warm scheint die Sonne durch das Fenster,eine Hand streichelt zärtlich über Johns Kopf.Emily ist wach,aber noch etwas benommen.

"Schatz,du bist wach...geht es dir gut?" John schaut sie liebevoll an.

"Ich fühle mich als wäre ich von einem Truck überrollt worden, wo sind wir hier?"

"Wir sind in einer Waldhütte,ausserhalb der Stadt,wir werden uns hier ein wenig erholen."

"Erholen?" Emily fasst sich unvermittelt auf ihren nun doch schon sichtbaren Bauch.

"Keine Sorge,es ist alles in Ordnung." John zeigt ihr das Ultraschallbild,das Michael ausgedruckt hat.Mit Tränen in den Augen betrachtet Emily ihr beiden kleinen Wunder.

"Was ist passiert?" will sie wissen.

"Lass uns erst frühstücken,dann erklären wir dir alles"

"Wir?"

"Ja,wir. Sam und Ich,sie ist auch hier und kümmert sich um dich und die Schwangerschaft"

John steht auf ,öffnet die Tür und Emily kann direkt in die offene Küche mit dem Sitzbereich sehen.Sam steht am Herd und macht Rührei.Als sie Emily sieht kommt sie sofort gelaufen und nimmt sie in den Arm : " Oh mein Gott ,du bist wach,wie geht es dir ?"

"Naja,mein Schädel brummt und ich habe Hunger" versucht Emily zu lächeln.

Sam bringt ihr Rührei mit Toast und einen Tee. "Iss etwas und dann reden wir"

John kommt mit seiner Kaffeetasse ins Schlafzimmer und bittet Sam auch dazu.Das erste gemeinsame Frühstück seit langer Zeit.Sie geniessen es.

Währenddessen haben Michael und Amanda die restliche Nacht wieder gemeinsam verbracht und auch sie sitzen beim gemeinsamen Frühstück : "Es ist mir nicht entgangen" schmunzelt Amanda. "Was denn?"

"Deine strahlenden Augen als du John das Bild gabst und erzähltest was du auf dem Ultraschall gesehen und gehört hast."

Michaels Augen blicken aus dem Fenster : "Ja,es war ....irgendwie...so ein warmes Gefühl sie zu sehen,so klein und hilflos und doch haben sie soviel Macht über uns.Wir haben ja noch nie darüber gesprochen,aber in diesem Augenblick wurde mir bewusst was ich in diesem Leben möchte : eine Familie,Kinder..."

Michael blickt Amanda an: "und zwar mit dir "

Amanda hat einen Kloß im Hals : " Ich wußte nicht...das du so tiefe Gefühle für mich hast....ich dachte...und ich wollte nicht...deshalb hab ich nicht davon angefangen,ich will genau dasselbe"

Michael nimmt sie in den Arm und sie küssen sich lange und innig.

O´Malley ist bereits früh hoch und schlürft schon den dritten Kaffee,als es an seiner Tür läutet.Er öffnet und ein Mann im langen Mantel fragt nach Amanda."Kenn ich nicht" grummelt der Superintendent.Der Mann bedankt sich und geht.Kurz darauf läutet es wieder :

"Mein Gott ,hier gehts zu wie auf der Kirmes", als er öffnet schnellt ihm eine Faust entgegen,die er mit seiner großen Hand locker abfängt:

"Was soll das? Ist das eine Art der Begrüssung?"

O´Malley schnappt ihn am Kragen und fesselt ihn an einen Stuhl :" So,unterhalten wir uns.Wer bist du und was willst du?"

Der Mann stammelt etwas von Verwechslung und falscher Adresse.

"Ja ja...ich bin kein Geschichtensammler,die Wahrheit Freund !"

Doch er schweigt,O`Malley ruft Ron an.Da klopft es leise : "Herrgott nochmal,wieviele kommen heute denn noch ?" brummt er in seinen Bart.

Der junge Mann im langen Mantel steht dort wieder und beharrt darauf Amanda zu sprechen ,O`Malley nimmt ihm den Hut vom Kopf und den Kragen aus dem Gesicht :

" Du bist Alex von neulich Abend,unter den ganzen Sachen erkennt dich ja niemand"

"Das ist ja auch der Sinn der Sache" antwortet er.

"Hast du Amanda angerufen?" fragt der brummelige irische Beamte.

"Ja aber sie geht nicht ran und seit ich an der Sache dran bin ,muss ich untertauchen.Ich hab mir ein Prepaid Handy besorgt,das kann man schlechter nachverfolgen."

"Ich ruf sie an ! Kaffee? Bedien dich,steht da drüben" zeigt der Superintendent auf den Küchentresen.

Laut schlürft der Journalist an dem heißen Getränk.O' Malley kommt herangeschlurft : " ich habe sie auch nicht erreicht,aber dafür Michael,er bringt sie her."

Alex deutet auf den gefesselten Mann :" wer ist das ?"

Der Superintendent zuckt die Achseln.Da ist auch schon Ron zur Stelle und gemeinsam durchsuchen sie den Fremden.Ein Zeitungsartikel von Alex kommt zum Vorschein.

"Wer sind Sie ?" verdattert blickt der Journalist ihn an.

"Mein Name tut nichts zur Sache" beginnt der immernoch Gefesselte. "Wenn alle da sind werde ich reden !"

Während des Wartens liest Ron den Artikel : Es gibt Dinge auf dieser Welt von denen niemand etwas weiß.Die ihnen niemand sagt,die in der Schule nicht gelehrt werden und in den Nachrichten nicht gemeldet.Entscheidungen werden gegen alle Vernunft getroffen,Wissen wird vorenthalten,die Menschen werden absichtlich verwirrt damit sie die einfachsten Wahrheiten nicht mehr erkennen können. Dieser Artikel soll ihnen die Augen öffnen, über die Götter der verschiedenen Religionen, das Kennedy Attentat, Geheimlogen, UFOs, alternative Heilmethoden, AIDS,Terrorismus, verbotene Bücher und viele andere Dinge, über die Sie sonst nur gefilterte Informationen bekommen.

"Sehr gewagt mein Lieber ! Veröffentlicht ?" fragt Ron. Alex verneint und schaut zu dem Fremden : " Woher haben sie den Artikel ? Er war doch nur auf meinem Laptop ?" Schweigen.

Amanda und Michael sind endlich da :" Was ist denn hier los?" schallt es wie aus einem Munde.

"Ja nun " ... O'Malley erzählt die Kurzfassung der Ereignisse.

"Macht ihn los,er kann ja nicht weg " bittet Amanda.

Sie bietet dem Unbekannten einen Kaffee an . "Dann mal los,wer sind sie und was wollen sie ?"

"Ich weiß nicht was passiert ist oder wer ich bin. Der Artikel lag neben mir als ich aufwachte und versuchte jemanden zu finden,der mir hilft.Also bin ich einfach dem Typen in dem langen Mantel gefolgt und hier gelandet. "

"Wo sind sie aufgewacht ? Hatten sie einen Unfall ? " Ron hackt beharrlich nach. Ein leichtes Beben lässt sie aufhorchen,der Fremde greift sich an den Kopf : "diese Schmerzen !"

Michael greift unter seinen Arm : " Kommt legen wir ihn hin !"

Alex reicht ihm ein Glas Wasser.

Michael ist beunruhigt : " Er hat Fähigkeiten,das spüre ich deutlich ! Er hat das Beben verursacht,ich denke er kann das nicht kontrollieren !"

Amanda macht einen Vorschlag : "Wir können ihm nicht helfen,wir wissen auch nicht ob ihm jemand gefolgt ist,wir müssen ihn zu Sam und John bringen ! Und vorerst nennen wir ihn Adam,er braucht etwas Greifbares"

"Zu gefährlich !" schüttelt O'Malley den Kopf .

"Aber sie hat recht,nur dort ist er sicher und John kennt sich aus,er kann ihm beibringen es zu verstehen und zu beherrschen." bekennt Ron.

Sie bringen Adam auf den neuesten Stand und beratschlagen das Vorgehen.

Amanda organisiert alles : "Also gut,wir machen es so : Ersteinmal werden wir jetzt draußen unauffällig begutachten ob uns jemand folgt. Alex,du holst inzwischen den Wagen und stellst ihn hinter das Haus,Scheinwerfer aus und drin sitzen bleiben bis wir kommen. LOS !"

Gesagt,Getan.Niemand ist zu sehen,die Strassen sind wie leergefegt.Die Szenerie wirkt fast etwas unheimlich.Michael hat Alex's langen Mantel und Hut angezogen und entfernt sich sehr auffällig. Ron folgt ihm. So stellen sie die Situation des Ankommens nach um eventuelle Beobachter zu täuschen.Amanda bringt Adam zum Wagen,flüstert Alex zu wo er hin muß und ohne Licht rollen sie einige Meter bis zu einer Nische ,dort lässt er den Motor an und sie fahren davon.Nervös blickt er immer wieder in den Rückspiegel,doch dort bleibt alles dunkel.

Ron hat seine Tochter bereits informiert und da er der einzige ist der noch Zugang zu seiner Behörde hat,versucht er heraus zu finden wer der unbekannte Besucher ist.

Und er wird fündig : Adam heißt tatsächlich Adam und ist Mitarbeiter des Konsulats mit Kontakten zu Kershaw und weiteren hochrangigen Beamten. Ausserdem entdeckt Ron das er per Fahndungsaufruf gesucht wird. "Das haben die sich ja schön ausgedacht !" brubbelt er vor sich hin.Doch er muß sich konzentrieren und sondiert die Fakten : Adam taucht auf,ohne Gedächtnis,sein Körper weißt Spuren von Gewalt auf.Entweder wollten sie ihn beseitigen oder er wird benutzt,nur wofür ?

Fragen über Fragen.Ron ruft Sam an und teilt ihr mit was er weiß.Dann fährt er zurück zum Appartment um Amanda und die anderen zu informieren.Sie verbringen den Rest der Nacht damit,einen Plan zur Aufdeckung dieses weitreichenden Komplottes zu entwickeln.

Alex und Adam sind zwischenzeitlich bei Sam,John und Emily angekommen.Gemeinsam sitzen sie bei warmem Tee und frischen warmen Scones und lernen sich kennen.Emily und Adam kommen langsam wieder zu Kräften. John sitzt immernoch an Kershaws Laptop den Ron und O' Malley von ihrem "Besuch" bei ihm mitnahmen und versucht die Sicherheitssperre zu knacken.

"Darf ich mal sehen ?" gesellt sich Adam zu ihm.

"Kennst du dich damit aus ?" fragt John skeptisch.

"Weiß ich nicht genau aber das werden wir gleich sehen" entgegnet Adam.

Ein schriller Alarmton lässt alle aufschrecken,Adam hat das System tatsächlich entsichert, John kappt sofort den kompletten Strom und auch das Internet.

"Hoffentlich ist es noch nicht zu spät " er ist besorgt.

Auch Adam steht die Angst ins Gesicht geschrieben.

"Das wußte ich nicht...ich wollte doch nicht... !" stammelt er.

"Wir hatten nur eine wage Ahnung " erklärt ihm Sam. Der Geheimdienst hat ein spezielles Sicherheitssystem,das sofort meldet wenn jemand Zugriff auf ein Gerät erhält,das den Besitzer nicht identifiziert.

"Pass auf ,die verschlüsselten Listen und Dateien,kannst du die knacken ? Wie lange dauert das ?" will sie wissen.

"Ja ich denke schon, es ist als würde jemand in meinem Kopf mir sagen wie alles funktioniert. Das wird wohl nur einige Minuten dauern."

"Gut ,hier ist ein USB Stick,kopier alles darauf sobald wir den Strom einschalten, wir packen inzwischen alles zusammen und bringen es ins Auto. Danach müssen wir schnell verschwinden !"

John fügt hinzu : "Solange wir auf freiem Fuß sind, können wir etwas unternehmen. Es gibt immer noch anständige Journalisten und eine Menge guter Leute in oberen Positionen. Wenn wir uns an die wenden, ihnen Beweise liefern, können wir den Spieß umdrehen.Aber wir müssen uns beeilen ! Sie werden bald hier sein !"

Sam ruft Ron an ,alles muß nun sehr schnell gehen,denn auch sie sind in Gefahr. Adams Gedächtnis kehrt bruchstückhaft zurück.

"Ein Telefon,schnell !" ruft er. Der Usb Stick ist fertig und alles wirkt als wäre hier nie jemand gewesen. John hat draussen ein Feuer entfacht und wirft den Laptop samt einiger leerer Briefbögen hinein.

Sie springen zu den Frauen ins Auto und fahren davon.

Adam navigiert sie aus der Stadt heraus mitten in die Wüste.Sam informiert Ron ,der mit Amanda,Michael und O'Malley kurz darauf eintrifft.Sand wohin man schaut.

"Was soll das ?" fragt der Superintendent erbost "ist das eine Falle?"

"Nein,ist es nicht" ertönt eine wohlbekannte Stimme hinter ihnen.Professor Brandon Crumble und Furge erscheinen mit einigen Männern und Frauen an ihrer Seite aus der Dunkelheit.

Aus einer Düne funkelt ein schmaler Lichtspalt heraus,fast lautlos öffnet sich ein Durchgang. Alle Anwesenden treten ein.Dieser grosse Raum erhebt sich majestätisch vor ihnen.

"Na kommt schon,nur nicht so schüchtern !" winkt Crumble sie weiter.Dann weist er zwei Mitglieder an, Adam zum Arzt zu bringen. Er will sich vergewissern das es ihm gut geht.

Durch eine weitere Tür kommen sie in eine Art Konferenzraum. Alle nehmen an dem riesig anmutenden Tisch platz. Brandon Crumble bedankt sich das Adam wieder bei ihnen ist.Auch er ist entführt und behandelt worden.

Der Professor stellt alle vor,da sind Forscher,Wissenschaftler,,Journalisten und sogar zwei Politiker. Er erklärt das sie alle schon lange daran arbeiten diese Verschwörung aufzudecken,jedoch gelang dies bis jetzt noch nicht.Es mangelte an

Nachweisen,Menschen die involviert waren verschwanden einfach oder hielten dem Druck nicht stand. Viele der Mitstreiter von heute wollten nicht glauben was er darlegte,es war sehr viel Überzeugungsarbeit nötig um so weit zu kommen.Adam gesellt sich nach dem Okay des Arztes zu ihnen.

"Und nun Adam bitte den Stick !" erstaunt schauen sich alle an.

"Ach nun schaut doch nicht so,die Hütte gehört einem Freund und ihr dachtet doch nicht das wir nicht auf euch aufpassen ? Emilys Babys sind unsere Zukunft,und die darf nicht in falsche Hände geraten. Wir wollten jedoch nicht unbedacht eingreifen,sondern nur wenn es unbedingt erforderlich wäre."

Die Dateien vom Stick erscheinen auf einer großen Leinwand.Unfassbar das Ausmaß der Experimente und auch der jeweils beteiligten Unternehmen.Universitäten,Gesundheitsorganisationen,Pharmakonzerne,politisch einflußreiche Gesellschaften sogar Tierheime.Die immer bestrittene Schattenregierung.

Crumble erhebt nochmals die Stimme:

»Wenn wir diese Beweise heute nicht veröffentlichen, wird man uns morgen daran hindern. Egal mit welchen Mitteln,aber so wird es kommen.«

Die Journalisten dieser Runde lehnten sich nachdenklich zurück,die Schlagzeilen schon fertig im Kopf. Sie gehören zu den einflussreichsten Reportern der Welt. Wenn sie wollen, dass etwas veröffentlicht wird, kann das niemand verhindern. Wenn sie Beweise haben,ist es DIE STORY. Sie fürchten sich nicht vor Anwälten oder dem Gefängnis. Sie haben keine Angst vor Kirche, Präsident und Vaterland.

Und nun haben sie was Sie brauchen ,Namen, Bilder, Protokolle.Es wird die Welt aus den Angeln heben,es ist ihr Tag. Schon sind sie an der Arbeit,alles muss heute noch raus.

Ein lautes Geräusch durchfährt den Vortrag. Ein Blitzen. Ein Schuß - Crumble fällt zu Boden.Michael und Sam eilen sofort zu ihm,während andere den Schützen entwaffnen und fesseln.

Blut sickert seitlich aus einer Bauchwunde."Bitte,ihr müßt das beenden, sonst war alles umsonst" sind die letzten Worte des Professors bevor er bewußtlos wird.

Die Mediziner der versammelten Gesellschaft behandeln den angeschossenen Brandon Crumble und bringen ihn in einen weiteren Raum. Ausgestattet wie eine Intensivstation.Michael blickt ungläubig herum.

Auch Sam,Amanda,John,Emily,Ron und O'Malley staunen mit offenem Mund.

" TENGEN !" flüstert John.

"Was? Wer? " fragend schauen sie sich an.

" TENGEN !" wiederholt John. Sie sind eine Geheimorganisation aus Mitgliedern aller Gesellschaftsschichten,aller Branchen,aller Kulturen.

"Ja richtig !" ertönt Crumbles Stimme schwach.

"Und wir brauchen Menschen wie euch,die weiterführen was wir begannen. Eure Kinder und deren Kinder. Menschen mit Mut,Verstand und Herz. Egal wo ihr lebt ,wir agieren weltweit.

Adam und Furge werden euch alles zeigen."

Das Staunen nimmt kein Ende. Das Gewölbe setzt sich fort,spielende Kinder in bunten Räumen, Labore, Küchen, Computer & Technikräume,Wohnräume ,alles modern ausgestattet. Auch Gefängniszellen sind vorhanden. Menschenwürdig eingerichtet ,sauber,ordentlich.Sie sollen nicht bestraft sondern zur Mitarbeit bewegt werden. Natürlich gelingt das nicht bei jedem.

Von weiter hinten ertönt ein lautes schraubendes Geräusch.Crumble wird im Rollstuhl von Adam geschoben.

"Kommt, euer Flug wartet !" deutet er auf Emily und John.

"Es wird Zeit für euch nach Hause zurück zu kehren."

Furge reicht ihnen ihre neuen Ausweise. "Wir haben euch für tot erklärt. So könnt ihr unbehelligt reisen und leben. Niemand wird euch mehr verfolgen oder kontaktieren.Außer uns natürlich,aber nur wenn ihr das möchtet versteht sich."

Die Freunde schauen sich verbunden an : "Es ist uns eine Ehre "TENGEN" beizutreten,uns allen !"

Das große Hangartor öffnet sich und ein Helikopter steht startbereit vor ihnen. Er wird sie zu ihrem Flieger bringen.

Amanda ,Michael,Furge,Adam,Alex,Ron und Crumble müssen sich nun verabschieden : von neuen Freunden, von der Tochter,von Kollegen.

Mit einem wehmütigen Gefühl besteigen Sam,John,Emily und O'Malley den Helikopter.Mit einem weinenden und einem lachenden Auge entschwinden sie in Richtung Flughafen.

Die Anstrengung der letzten Tage zehren an den Freunden und sie nutzen den Heimflug um ein paar Stunden zu schlafen.

Die Sonne blinzelt golden durch das Flugzeugfenster als sie landen. Ein tiefer Atemzug irischer Luft bringt sofort das Gefühl von "Zuhause" zurück.

Hinter dem Gate warten schon Ruben,Mc Grady und ein wedelndes Fellknäuel freudestrahlend. John ist sofort angetan von dem süßen Welpen. An ihrem Häuschen angekommen,wandern die Gedanken zurück. Hier,als alles begann. Drinnen hat sich nichts verändert,Ruben hat geputzt.Glücklich setzt sie sich in ihren Lesesessel,etwas eng aber immernoch bequem.

John drückt ihr einen Kuss auf : "Ruh dich aus,ich werde schnell mal nach meinem Häuschen schauen,den Hund nehme ich mit,dauert nicht lang !"

O'Malley verabschiedet sich auch : "Wir sehen uns morgen".

Ruben steht an dem kleinen Ofen und bereitet heißen Tee.Sam mißt noch kurz Emilys Blutdruckwerte. Sie übernimmt die ständige Überwachung für die letzten Wochen der Schwangerschaft.

"RUMMS!" Das vertraute Geräusch der Katze auf dem Dachboden,läßt das heimelige Gefühl aufblühen.

Ruben lauscht entspannt Emilys Erzählungen,als John mit dem Welpen zur Tür herein kommt. "Oh mein Gott,was hast du denn da?" Emily nimmt ihm die Sachen ab,die drohen ihm vom Arm zu rutschen.

"Das Haus hab ich verkauft während wir noch drüben waren,ich dachte wir bauen hier an.Du möchtest doch bestimmt nicht hier wegziehen oder ?"

"Du bist ein Schatz !" freut sie sich.

"Sag mal wie heisst der kleine Hund überhaupt?" will John wissen.

"Nicky" antwortet Ruben. "Und habt ihr schon Namen für euren Nachwuchs?"

"Lilly und Jonas" strahlt Emily.Ruben nickt anerkennend.

Sam trinkt den letzten Rest Tee aus und will gerade aufbrechen,als es an der Tür klopft.Sie öffnet : "Mc Grady !" Sam fällt ihm küssend um den Hals. Der guckt irritiert aber schmunzelnd in die Runde. "Das kannst du ruhig öfter machen!"

Winkend verlassen beide das Haus.Der Abend neigt sich dem Ende und die erste Nacht im eigenen Bett bringt Ruhe und Gelassenheit.

Einige Wochen später

Sam arbeitet wieder in ihrem alten Job als Gerichtsmedizinerin,Emily geniesst die letzten Tage der Schwangerschaft.John arbeitet als freier Journalist.Auch O'Malley ist wieder Superintendent in seinem Revier.Alles ist wie es immer war,ruhig,vertraut.

Unter Glockengeläute und Blumenregen treten zwei wunderschöne Brautpaare vor den Altar. Nicht nur John und Emily,nein auch Sam hat sich getraut und Mc Grady zu ihrem Ehemann gewählt. Glücklich strahlende Gesichter , Gäste und Freunde. Ein Wiedersehen zu einem besonderen Anlass mit ganz besonderen Menschen.

Wochenlang gab es kein anderes Thema in den Medien als das aufgedeckte Komplott und den daran beteiligten Parteien.Es ist einer der spektakulärsten Prozesse der wohl noch etliche Verhandlungstage dauern würde,da sich so mancher der darin verstrickt war,davongestohlen hat. Einer durch Selbstmord,andere durch Rückzug aus der Öffentlichkeit in ein Asyl im Ausland,involvierte Firmen wurden plötzlich geschlossen oder umverteilt um den Schaden zu begrenzen. Die Radiosprecher verkündeten : "Der Präsident hat öffentlich Konsequenzen gezogen und Leute seines Stabes ersetzt. Auch FBI und CIA wurden umstrukturiert.Neuer Leiter des CIA ist Ron Eagan und Leiterin des FBI ist Amanda Crumble,Ehefrau von Michael Crumble,der die Leitung des Universitätscampus von Professor Tiberius ,der nach einem Nervenzusammenbruch in einer geschlossenen psychiatrischen Einrichtung untergebracht wurde,übernahm.Alle Forschungsprojekte die Genforschung beinhalten wurden vorerst ausgesetzt."

Professor Crumble hatte das nur mit einem gequälten Lächeln aufgenommen : " Das ist nur ein kleiner Sieg,aber ein Anfang."

Furge war beim Treffen der Minister im weißen Haus und hatte dort einiges aufgeschnappt. Bei Unterhaltungen wurde gesagt :

" Wir haben die DNA Proben des Versuchsobjekt Zwilling. Die Forschung geht nach wie vor weiter! Bloß weiß die Welt nichts davon. Wie gut, dass wir das Programm verlegt und weitergeführt haben!

In weiteren Experimentreihen, die erst vor wenigen Wochen begannen, werden ausgesuchten Müttern genetisch manipulierte befruchtete Eizellen eingesetzt.

Hier sind unsere Studien und Ergebnisse noch unscharf, aber dabei geht es in verschiedensten Versuchsreihen um die Steigerung verschiedener kognitiver wie physischer Eigenschaften."

Auch die Tierversuche mit Nanotechnologie ,das Projekt Lazarus,werden einfach von woanders weitergeführt, unter dem Deckmantel des Schweigens und begründet mit der notwendigen medizinischen Forschung zur Heilung todkranker Menschen.

Doch ist Unsterblichkeit wirklich erstrebenswert ?

Nunja vielleicht gibt es Dinge, die die Menschen so sehr begehren, dass es keine Ruhe und Gleichheit und auch keinen Frieden geben kann, solange sie existieren. Macht und Profit sind die Wurzel allen Übels.

Ernest Hemingway sagte einst : "Alle wahrhaft schlimmen Dinge beginnen mit der Unschuld"

###

Ein kleines Haus am Atlantik,davor alle Freunde als Familien.Ruben,Ron,Brandon Crumble und O'Malley sind Großväter. Zu ihren Füßen spielen Kinder,alle etwa 2 bis 3 Jahre alt. Einträchtig, friedlich. Verständigen sich ohne Worte. Reichen sich Backförmchen, teilen Kekse. Ganz selbstverständlich. Telepathie ganz ohne Eingriffe von aussen. Weil es einfach schon da ist.

Impressum

Bibliografische Information der Deutschen Nationalbibliothek: Die Deutsche
Nationalbibliothek verzeichnet diese Publikation in der Deutschen Nationalbibliografie;
detaillierte bibliografische Daten sind im Internet über dnb.dnb.de abrufbar.

© 2021 Wakanda Wuti

Herstellung und Verlag: BoD – Books on Demand, Norderstedt

ISBN : 9783754333044

FSC
www.fsc.org

MIX

Papier aus ver-
antwortungsvollen
Quellen
Paper from
responsible sources

FSC® C105338